中国历史故事集

两晋南北朝篇

胡晓明 胡晓晖

著

长江出版传媒 长江文艺出版社

图书在版编目（CIP）数据

中国历史故事集. 两晋南北朝篇 / 胡晓明，胡晓晖著. -- 武汉：长江文艺出版社，2025. 6. -- ISBN 978-7-5702-3940-5

Ⅰ. I247.81

中国国家版本馆 CIP 数据核字第 2025CX5977 号

中国历史故事集. 两晋南北朝篇
ZHONGGUO LISHI GUSHI JI. LIANGJIN NANBEI CHAO PIAN

| 责任编辑：田敦国 | 责任校对：程华清 |
| 封面设计：胡冰倩 | 责任印制：邱 莉 王光兴 |

出版：长江出版传媒 长江文艺出版社
地址：武汉市雄楚大街 268 号　　邮编：430070
发行：长江文艺出版社
http://www.cjlap.com
印刷：武汉市籍缘印刷厂

开本：640 毫米×970 毫米　　1/16　　印张：11
版次：2025 年 6 月第 1 版　　2025 年 6 月第 1 次印刷
字数：105 千字

定价：25.00 元

版权所有，盗版必究（举报电话：027—87679308　87679310）
（图书出现印装问题，本社负责调换）

目 录

- 001　司马昭之心
- 014　上巳佳节
- 026　禁脔之论
- 036　一马化龙
- 045　兄弟同盟
- 060　伯仁之死
- 071　夫人心事
- 080　东床佳婿
- 006　八王之乱
- 020　江南仲父
- 032　击楫中流
- 041　共坐天下
- 049　王敦造反
- 066　母亲是谁
- 074　母子重逢
- 088　书圣传说

091	名士谈玄	096	兰亭雅集
101	东山再起	107	桓温入都
114	大秦天王	119	山庄客人
122	初试锋芒	126	投鞭断流
131	初战告捷	135	草木皆兵
140	一门四公	143	刘裕代晋
148	元宏改制	154	皇帝出家
160	外孙禅让	165	破镜重圆

司马昭之心

西晋是从三国曹操建立的魏国手中得的天下。权臣司马懿从曹操时期的谋士，到曹丕时期的重臣，再到曹叡（ruì）时期的托孤大臣，他一步步稳扎稳打，经过高平陵之变后，司马氏家族已经完全掌控了朝政。

司马懿（yì）去世后，其长子司马师任抚军大将军、录尚书事，继续以辅政的名义掌握着全国的军政大权，只是此时南有东吴、西有蜀汉，司马师并没有急于篡位，还是让曹芳当着名义上的皇帝。

魏嘉平六年（公元254年）正月，不甘受制的曹芳经过精心策划，密令太常夏侯玄除掉司马师。不想，司马师早有防备，将所有参与的大臣都杀了。

司马师不放心长大的皇帝，干脆连皇帝曹芳也废了，改立14岁的高贵乡公曹髦（mào）为帝。

此举引起了忠于曹魏的一些地方势力的不满，镇东将军毌丘俭和扬州刺史文钦在寿春起兵。司马师亲率大军平定叛乱，但在归朝的中途病发去世，由其弟司马昭担任抚军大将军、录尚书事，继续掌握着朝政的一切大权。

司马昭,字子上,是司马懿的次子。自小便在父亲的影响下,对军事和政治产生了浓厚的兴趣,不仅继承了父亲的智慧,更在心中埋下了对权力的渴望。

曹髦是一个血性少年,他是魏国开国皇帝曹丕的孙子,看到司马家的权势越来越大,而忠于曹魏的大臣不是被杀,就是改投司马氏,心中十分愤慨。

曹魏后宫的花园中有一座高楼凌云观,这是魏明帝曹睿修建的,登上楼能看到洛阳全城。曹髦常常独自登楼,看着繁华的洛阳,想起祖辈的江山来之不易,更是对司马昭恨之入骨。

魏甘露五年(公元260年)五月初七日,东都洛阳春意盎然,曹髦又一次登上凌云观,春风微吹,楼在风中微荡,云在脚下飘过。

曹髦感到自己的命运就如同这风中的楼阁一样摇摇晃晃,随时都会倒塌,在司马家族专权的这几年中,忠于曹魏皇室的武装力量基本被消灭殆尽。

这一年,曹髦已经是21岁了,他吸取先皇曹芳用臣下图谋司马氏失败的教训,决定亲自讨伐司马昭,一举消灭司马家族的势力。

曹髦悄悄将认为是自己亲信的侍中王沈、尚书王经、散骑常侍王业招来。

狭小的凌云观中,年轻的皇帝扶栏而立。

夜色降临,风更大了,空中楼阁也明显地摇晃起来。

王沈、王经、王业三人头也不敢抬,他们的心也如这楼的摇晃一样慌乱：这个皇帝年少气盛，常常发出对大将军不满的言语，今天这么晚召我等前来，一定不是什么好事。

"司马昭之心，路人所知。朕身为天子，不能坐等他将我废掉，今天当与卿等亲自去讨伐他。"曹髦突然转身对三人说道。

"过去鲁昭公因不堪忍受季孙氏当政而仓促起兵，败逃失国，为天下笑。今权在司马氏，也不是一天了。陛下这是以卵击石，自取灭亡之举。"王经盯着眼前的诏书，终于抬头说。

"朕此行已决！即使是死，又有何惧？何况到底是谁死也未必！"曹髦从衣袖中掏出诏书扔在他们面前，说着转身下楼。

王经长叹一声，看着皇帝对身边的侍卫下令，让将宫中的宿卫、宦官都集合起来，凡是能走得动的人，不论老弱兵残，都发给兵器衣甲，在凌云观前集合。

而王沈、王业下楼后丝毫不停地直奔宫外，到司马昭府告密去了。

司马昭闻言也是大吃一惊，命亲信中护军贾充和太子舍人成济领兵阻止曹髦。

曹髦拔剑登上帝辇，亲自率领拼凑出来的三百多人冲出宫中，杀向司马昭府，正与贾充带领的兵马相遇。

"司马昭谋反，谁敢拦我，就是大逆不道的死罪，罪该灭三族！"曹髦举起剑高声吼道，杀向对方的兵阵。

贾充部下见状纷纷退缩，有的士兵还扔下兵器转身就逃了。

"这怎么办啊？"领兵在前的成济是一个头脑简单的人，没有想

到会出现这种状况，急忙问贾充。

"司马公畜养你等，正为今日。今日这事，还有什么犹疑的！"贾充又气又急地骂道。

"是抓，还是杀呢？"成济又傻问了一句。

"杀！"贾充毫不犹豫地下令道。

成济便立马拍马上前，手中的长矛刺向皇帝曹髦。

曹髦被刺中胸膛，当即殒于车下。宫中的侍卫宦官见状，如鸟兽一样四散逃命而去。

曹髦当街被臣下杀死，引起了朝中众人的惊恐不安，毕竟这是自汉魏以来从来没有过的事。

司马昭听说后，虽说暗中高兴，心中也担心天下人会怎样议论。毕竟，这是公然以下犯上的事实。

司马昭被迫又演了一出戏，他马上入殿召集群臣会商，诸大臣人人不敢吭声。唯有尚书左仆射陈泰来了，却大哭不止，要求斩贾充的首级，以安抚天下人。

司马昭犹豫了许久，借用皇太后名义，下令诬称曹髦欲弑太后，谋杀大将军，将其废为庶人。又说王经"凶逆无状"，将他及其家属交廷尉治罪。

接着又假惺惺拿下手行凶的成济替罪，灭了成济三族，以堵众朝臣之口。

司马昭接着立年仅15岁的魏武帝曹操之孙，常道乡公曹奂（huàn）为皇帝，这场看似英勇的行动却最终以曹髦的死告终。

司马昭进一步巩固了自己的地位,也让"司马昭之心,路人所知也"这句话广为流传。

为了顺理成章地改朝换代,司马昭一手收买人心,一手建功立业,派兵灭了蜀汉。

咸熙元年(公元264年),司马昭晋爵晋王。

咸熙二年八月辛卯日(公元265年9月6日),司马昭病逝,时年五十五岁,谥号文王。

司马昭死后,儿子司马炎继承晋王。这时,以晋代魏也成了水到渠成的事。魏咸熙二年十二月十七日(公元266年2月8日)魏帝曹奂将皇位禅让给晋王司马炎。

司马炎即皇帝位,改国号为晋,史称晋武帝。

晋武帝立国后,为了防止政权旁落,吸取曹魏的教训,恢复了分封制。大封司马家族成员为王,前后共封了五十七个王,意图让这些亲族镇守全国各地,拱卫皇室。

不想,这却导致朝中大权过于分散,整个国家逐渐陷入了混乱之中,也为后来的"八王之乱"埋下了伏笔。

八王之乱

晋国代魏后,晋武帝很快灭了残存的东吴,统一了全国。天下太平,朝野一片歌舞升平的景象。

司马炎开始过上了享乐的日子,整个社会也弥漫着奢侈的风气,朝政越来越废弛,而太子司马衷又是一个"白痴"。

太康十一年(公元290年)四月二十日,晋武帝司马炎去世,晋惠帝司马衷继位,改年号为永熙。

由于皇帝是白痴,什么事也不能管,由皇太后杨芷(zhǐ)的父亲杨骏为太子太傅、假节、都督中外诸军事来执掌朝政。这引起了皇后贾南风的不满,贾南风就是诛杀曹髦有功的贾充之女,从小就对权力充满了欲望。

贾皇后先是以晋惠帝的名义让楚王司马玮(wěi)、东安郡公司马繇(yáo)发兵杀了杨骏和废黜了皇太后。

朝中大臣担心楚王过于强势,请来了比较软弱的司马亮担任太宰。司马亮是司马懿第四子,封汝南王,和录尚书事卫瓘(guàn)一起来辅政。

贾南风一场辛苦,怎么能便宜了别人。于是,她再次联络楚王司马玮发动政变,杀死了司马亮和卫瓘。

楚王二次干预朝政成功,大权在握,开始自大起来。太子少傅张华感到了威胁,于是,他派属下董猛进宫面见皇后贾南风,进言道:"楚王杀了汝南王和卫公,朝中大权将落入他一人之手,这样,皇后的日子就不好过了,应该将楚王定以擅权之罪处死,以平天下公愤。"

"楚王此时权势正炽,如何杀他?"贾南风还是有些担心。

"可派禁军将领持皇帝的驺虞幡(zōu yú fān,皇帝专用的旗帜),带兵直入楚王府,出奇制胜,擒拿楚王。"张华献计道。

果然,当禁军将军王宫执着驺虞幡带着禁军闯入楚王府,司马玮部下见状四散而逃。

司马玮以假造圣旨,杀害叔叔汝南王的罪名被处死。

司马亮、卫瓘和司马玮被杀后。贾南风得以专权,任命出身庶族(寒门),但儒雅有筹略,众望所依的张华为侍中、中书监,辅佐朝政。

贾南风接着杀死废皇太后杨芷,又假称生下亲生"儿子",并在元康九年十二月(公元299年)伪造太子司马遹(yù)意图谋反的手书,从而将其废掉,送到金墉城幽禁。

这接二连三的变故让朝廷的文武百官惊恐万分,人人自危,感觉天下又要大乱起来。

在东宫担任过宿官的司马雅和许超决定为太子鸣冤,除掉贾南

风。他俩和担任殿中郎的士猗(yī)私下联络了赵王司马伦。

司马伦是司马懿第九子,在平定关中时大肆掠夺百姓,曾被朝廷问罪。他让自己的亲信侍郎孙秀巴结上了贾南风,反而升为太子太傅、车骑将军。太子被废后,又被任命为掌握重兵的右军将军。

司马雅首先拉拢孙秀,让孙秀去说服赵王出兵:"朝中现在都说你和皇后亲善,众人早就知道皇后陷害太子之事,一旦有大臣为太子起事,必将视你为贾氏一伙的,你和赵王就会连带受祸。为什么不早为自己打算,对贾氏反戈一击呢?"

孙秀盘算了一番,表面上同意联手废黜皇后,迎回太子的大计,回到赵王府的孙秀和司马伦却另有一番打算。

孙秀找到贾南风最信任的贾谧(mì),煽动他和皇后除掉废太子司马遹。

贾谧是贾南风妹妹贾午的儿子,担任后军将军、散骑常侍等众多官职。

"现在朝中很多大臣在为太子鸣冤,要求迎回太子,这对皇后很不利啊。不如早点斩草除根,让那些人死心。"贾谧向贾南风说道。

早就有杀心的贾南风立即同意了,让宦官孙虑去许昌旧宫里毒杀了被关押的司马遹。

"南风起,吹白沙,遥望鲁国何嵯峨(cuó é),千年髑髅(dú lóu)生齿牙。"洛阳城中的童谣流传,暗骂贾南风,将她比喻成心狠毒辣千年骷髅精。

赵王看到时机成熟,就邀请梁王司马肜(róng)、齐王司马冏

(jiǒng)于四月初三这天半夜起兵。

赵王拿着伪造的诏书首先来到皇宫,向守卫的禁军宣布贾皇后、贾谧杀了太子,是奉皇帝之命来废黜皇后的。

禁军并不反抗。三王的兵马很快占领了整个内宫,当场杀死了贾谧,并将晋惠帝司马衷请到了东堂,让他下诏废黜皇后。

贾南风被废,步被她迫害的杨太后、太子后尘,一样被押进金墉城,五天后被赵王毒死。

赵王司马伦和孙秀顺利夺权,立即以清除贾后余党的名义,将一些有威望的大臣全部杀掉,又公报私仇,将过去和他们有怨的人杀得杀,赶得赶。

首当其冲的就是张华,他临受刑时感叹:"我是先帝老臣,死不足惜,只是皇族的灾祸会更多了。"

果然,为人正直的淮南王司马允暗中积蓄力量,准备除赵王。

赵王本来就担心淮南王不服,名义上晋升他为太尉,实则想解除他的兵权。司马允恼怒之下,带着王府的亲兵杀向了皇宫。

淮南王得到众人支持,本来胜券在握,不想被赵王的儿子用计所杀。这样,赵王更是得意,大权独揽,开始逼皇帝禅位给自己。

永康二年(公元301年)正月,赵王司马伦废惠帝自立,晋惠帝被软禁于金墉城。

随着赵王司马伦的篡位,西晋王朝陷入了前所未有的动荡。

坐镇许昌的齐王司马冏参与废黜贾皇后是为了维护皇帝,现在目睹司马伦篡位,决定起兵恢复晋朝的正统。

司马冏一边联络邺城的成都王司马颖和驻防在长安的河间王司马颙（yóng），一边并传檄天下，共同起兵征讨司马伦。

成都王立即响应派兵，河间王本来是支持司马伦的，先是抓了齐王派来的使者，可后来看情势不对，也转向与齐王联合。

数十万大军，浩浩荡荡地向洛阳城进发。

司马伦则调集了洛阳所有的兵力，阻挡齐王的进攻，两军在洛阳城外的旷野上展开了激战。

齐王司马冏身穿铠甲，手持长枪，亲自率领着前锋部队冲向敌军。在他的带领下，"三王"的士兵们奋勇杀敌。

司马伦的军队战斗力不强，经过数日的激战，齐军攻入了洛阳城。

司马伦在逃亡时被齐军俘虏，并被押解回京，被复位的晋惠帝赐死。晋惠帝复辟，大赦天下。可是天下并没有平静下来，兵祸远没有完。

河间王司马颙此时看到齐王又开始独掌朝政，产生不满，借口推举有贤名的成都王代替齐王主持朝政，联络洛阳城的长沙王司马乂（yì）再次起兵。

司马冏得知消息，派遣部将董艾攻袭司马乂。

司马乂异常凶悍，只带百名勇士乘车暗袭皇宫，将晋惠帝抢到手，以奉天子的名义宣布司马冏谋反。

司马冏大势顿失，被自己王府的长史赵渊背叛捕获献给司马乂。司马乂杀死司马冏，又大开杀戒，将齐王的两千名部属都夷灭三族。

晋惠帝为了"庆祝"胜利,改元太安。

河间王和成都王看到齐王被杀,就各自退兵,司马乂趁机独揽大权。

回到长安的司马颙见朝政被司马乂独揽,心怀不满,多次派人刺杀司马乂,都没有成功。

太安二年(公元303年),司马颙令部将张方领兵七万与司马颖二十多万大军起兵讨伐洛阳。

司马乂以皇帝的名义宣布自己为大都督,兴兵迎击叛军。双方产生激烈交战,一时难以分胜负。

在朝廷内任职司空的东海王司马越觉得机会来了,他乘司马乂军疲惫,和几名禁军将领夜里突袭捕获了司马乂,并打开城门,迎接成都王司马颖进城。司马乂则被张方用火烤而死。

一朝天子一朝臣,成都王司马颖在朝野向来有威望,入洛阳后被拜丞相。河间王司马颙也官升太宰,立有大功的东海王司马越为尚书令。

司马颙上表认为司马颖应该成为皇位继承人,提议废黜皇太子司马覃(tán),以司马颖为皇太弟,丞相位置不变。

东海王司马越辛苦一场,对此结果感到非常失落,就调集十多万士兵挟带着晋惠帝,讨伐邺城的司马颖。

司马颖在荡阴布阵迎击司马越,击溃敌军,并将晋惠帝抢到了邺城。晋惠帝再次改年号为建武。

司马越兵败后不敢回洛阳，逃回了封地东海（山东郯城北），联络其亲弟并州刺史、东瀛公司马腾，并借异族乌丸、羯朱之兵打败了幽州刺史王斌及前来救援的石超、李毅等人。

邺城难以抵挡司马越大军，司马颖只好同晋惠帝连夜退回洛阳。

司马腾和羯朱的军队一路追赶司马颖等人到朝歌才收兵。

此时，洛阳已由河间王司马颙的部将张方控制。张方看到送上门的晋惠帝大喜，借口平息战乱，宣布废黜司马颖的皇太弟之位，将司马颖赶出了洛阳。

永兴二年（公元 305 年），司马颙以晋惠帝的名义发诏罢免东海王司马越等人。司马越则打出"张方劫迁车驾，天下怨愤，欲奉迎大驾，还复旧都洛阳"的名义再次起兵，进屯阳武。

光熙元年（公元 306 年），司马越击败司马颙，率领诸侯及鲜卑将领许扶历、驹次宿等军队护送晋惠帝回到洛阳。

晋惠帝下诏升东海王司马越为太傅、录尚书事，并以豫章王司马炽（chì）为大将军，立为皇太弟。

光熙元年十一月十八日（公元 307 年 1 月 8 日），晋惠帝司马衷突然死亡。

皇太弟司马炽继位，史称晋怀帝。晋怀帝是晋武帝司马炎第二十五子，晋惠帝司马衷异母弟。他登基后，就下诏书给司马颙，让其回朝廷担任司徒之职。

司马颙乘车到新安雍谷时，被南阳王司马模所派遣的将领梁臣掐死在车内。

晋怀帝即位次年改元永嘉元年(公元 307 年)，以太傅、东海王司马越辅政。

东海王虽说掌握了朝廷大权，但是，司马炽也不甘心做傀儡。

永嘉四年（公元 310 年），司马越率领大军和朝中百官一起出京，讨伐北方匈奴的汉国。晋怀帝趁机下诏，发布司马越的罪状，要求各方讨伐。

内忧外患的司马越听后，急血攻心，死于项城。历时十六年的"八王之乱"至此结束。这场皇室家族的内斗让晋国元气大伤，频繁的动乱让内迁的北方各部族趁机起兵，最终天下大乱。

永嘉五年(公元 311 年)，刘聪的匈奴大军攻陷洛阳，俘获晋怀帝，史称永嘉之乱。

晋武帝司马炎之孙，秦王司马邺在长安即位，改元建兴，史称晋愍(mǐn)帝。

晋愍帝勉强维持着晋国的国祚，建兴四年(公元 316 年)，汉军攻破长安，司马邺兵尽粮绝，出城投降。

西晋立国五十一年，正式灭亡。

上巳佳节

江南的三月,天气渐热,翠柳如烟浮荡在晚风中。

建业(今江苏南京)城外的临江码头下,停着一艘高大的官船。

宽阔的船舱中帘幕低垂,屏风前摆放着两张乌漆案几。

驸马都尉、扬州刺史王敦面色凝重,坐在左侧的案几旁。在他的对面,坐着他的堂弟,安东将军府司马王导。

"景文被司徒大人看重,开府镇守建业,以安东将军名义都督扬州诸军事。弟也答应做他的司马,想要辅佐他在江南做出一番事业,还望兄长能够助我一臂之力。"王导恳切地说道。

他言语中的景文,是他多年的好友、大晋琅琊王司马睿,字景文。司徒大人是指当今琅琊王氏中官位最高的王衍。

"愚兄如何才能相助贤弟?"听到王导提起王衍,王敦勉强露出一丝笑意,故作轻松地说道。

大晋自皇后贾南风擅权引发大乱以来,先是司马氏诸王自相残杀,后来匈奴人、羯(jié)人又乘虚攻入中原腹地,四处杀戮,流血遍野,昔日的繁华世界已成人间地狱。

众多世家大族纷纷避往相对较为安宁的江南之地,人称"衣冠南渡"。

作为大晋一流世家大族的琅琊王氏,自然也在"衣冠南渡"之列。但他们的南渡并不是完全为了避难,而是顺势而为,借此机会掌控江南,以便进可攻退可守。

这场南渡谋略的策划者是王导,而背后的支持者则是王衍。

此刻东海王司马越独掌朝廷大权,而他最信任的朝臣是司徒王衍(yǎn)。如果说司马越是大晋事实上的皇帝,王衍就是事实上的丞相。

没有王衍的支持,司马睿(ruì)不可能得到以安东将军的名义镇守建业的机会,王敦也不能在这个乱世中得到扬州刺史这个肥缺。

因此王导只需提及王衍,王敦就不得不对王导所言之事格外重视。

"景文镇守建业大半年了,却无人参拜,政令不出府门。如此何能做成大事?明日就是上巳(sì)节,弟想借助兄长之力,为景文大造声势,让他的名望在江南之地立起来。"

"诸兄弟中,愚兄对贤弟最是信服。既然贤弟有命,愚兄自当相从。愚兄相信,有贤弟相助,司马睿将来必成大事。只是到了那个时候,这司马家的小儿恐怕立刻就会翻脸,成为反噬我等兄弟的白眼狼。"

"兄长放心。弟与景文相交十数年,其人谦和有礼,是个至诚君

子，信守诺言，绝不会忘了我们兄弟今日对他的扶持之恩。"

"但愿如贤弟所言。"

"弟还请了诸多南渡世家子弟相助。看在司徒大人和兄长面上，他们也勉为其难答应下来了。"王导笑道，心中大大松了一口气。

王敦出身当世一流世家大族，少年时又被皇家看中，做了晋武帝女儿襄城公主的驸马，为人极是狂傲，对远支皇族出身的司马睿根本看不上眼，王导最初对他能否说服王敦甘愿为司马睿大造声势其实并没有什么信心。

三月三日的"上巳节"是晋国最重要的节日之一。到了这一天，上自皇族、豪门世家，下至寻常百姓，无论男女老少，都会出门郊游，并到河湖之畔行"岁时祓(fú)禊(xì)"之礼。

所谓"岁时祓禊"，就是说到了节日这一天，大家都会到水边祭祀水神求福，然后以浸泡了各种香草的流水沐浴，洗去所有的晦气和疾病。

这一年的上巳节风和日丽，阳光分外明亮，出门郊游的人特别多。正当人群拥挤之时，忽然有威严的喝声传来，顿时将人们的注意力吸引过去。

但见一乘由八个魁梧壮汉高高抬起的平肩舆，已是威风凛凛地出现在众人眼前。

围绕在八人抬起的平肩舆前后，是盛大的仪仗：有佩刀喝道开路的武士，有敲击军鼓、吹奏号角的乐队，有在风中飘扬的各色大旗。

在最后面，是骑马而行的王敦、王导以及众多南渡而来的豪族世家子弟。

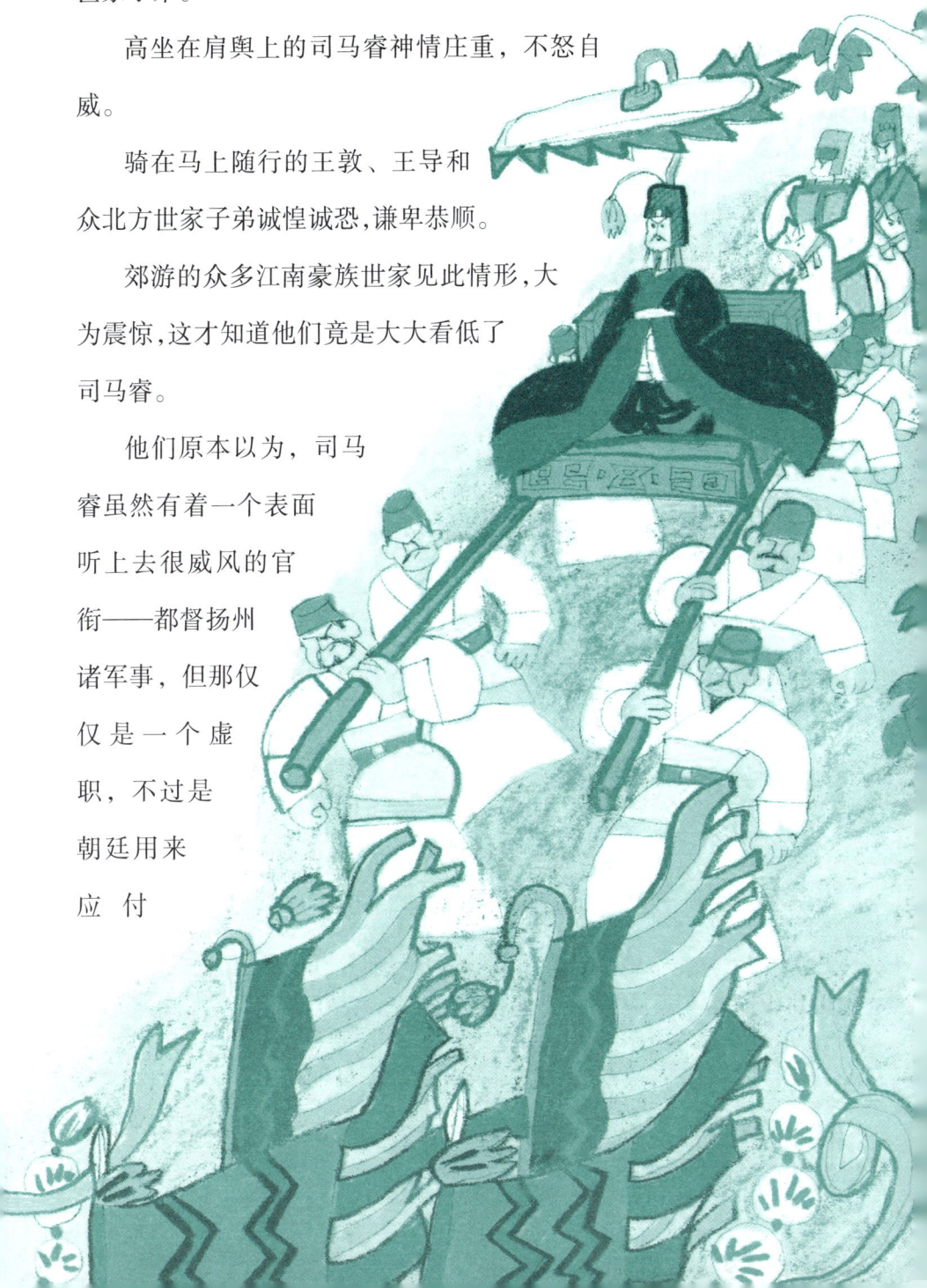

高坐在肩舆上的司马睿神情庄重，不怒自威。

骑在马上随行的王敦、王导和众北方世家子弟诚惶诚恐，谦卑恭顺。

郊游的众多江南豪族世家见此情形，大为震惊，这才知道他们竟是大大看低了司马睿。

他们原本以为，司马睿虽然有着一个表面听上去很威风的官衔——都督扬州诸军事，但那仅仅是一个虚职，不过是朝廷用来应付司马睿这等远支皇族的安抚手段罢了。

扬州的军政实权,向来掌握在可以直接管理地方郡县的刺史手中。

一个没有实权、毫无名气的远支皇族子弟,还不配众江南豪族世家浪费资财去奉承。

可是此刻,身为江南之地最有实权的扬州刺史王敦竟对司马睿如此毕恭毕敬,那些向来目中无人的北方豪族世家子弟也心甘情愿充当司马睿的随从,可见司马睿其实是来历不凡、根基深厚,未来必定是大有作为。

亡羊补牢,犹未为晚。

众多江南豪族世家立即改正了他们的"错误",争相跪伏在道旁以大礼拜见司马睿。

那些充作随从的北方豪族世家子弟其实是因为王导的嘱托才不得不如此,骨子里仍然没将司马睿当作一回事。但是他们亲眼看到王敦、王导兄弟如此认真地抬举司马睿,心中也不觉改变了轻视司马睿的看法,认为司马睿身后既有琅琊王氏真心拥戴,将来极有可能真会干出一番大事业来;他们若在此时向司马睿表示友好,以后定会获得丰厚的回报。

王导的"大造声势"之计大获成功,司马睿的威信一日之间就在建康城建立起来,众豪族世家无论南北,都开始主动拜访安东将军府,并且毫不吝啬地送上厚礼。

借此良机,王导又建议司马睿征召众豪族世家子弟进入安东将军府,委以官职,让他们在感激和骄傲中向四方传诵司马睿礼贤下士、为国分忧的忠孝之心。

司马睿欣然接受建议,数日之间就征召了一百零六位豪族世家子弟,其中既有北方的豪族世家子弟周颛(yǐ)、诸葛恢、庾(yǔ)亮、刁协、王承等人,也有南方豪族世家子弟顾荣、纪瞻等人。

江南仲父

自从上巳节司马睿尽显威仪之后,不仅江南世家大族开始表示臣服之心,那些从战乱之地南逃的北方世家大族也纷纷投效司马睿。没过多久,镇守建康城的安东将军府已是挤满了众多吵吵嚷嚷的世家大族子弟。这些人因为出身大族,哪怕只是稍有一点名望,就会被众人赞誉为当世名士。

眼见如此众多的名士前来投靠,司马睿当然是高兴极了,这说明大伙儿很看重他,认为跟着他混很有前途。于是有一天,司马睿精心准备,特地在以迎来送往闻名的城外新亭摆下美酒,宴请府中名士。

新亭面临长江,碧水蓝天,白帆点点,风景很美,又有一队美女歌舞助兴。司马睿认为大伙儿应该会与他一样高兴,并且还会争先恐后拍他的马屁,大大称颂他一番,让他在天下名望大振。

只是现实的情形大大出乎司马睿的意料,几乎所有的名士都对眼前的美景、美酒、美女视而不见,黑着一张脸,没有半点高兴的样子。

怎么会是这样？

司马睿在困惑中禁不住慌张起来，不自觉地向他最信任的谋士王导看去。

王导面带微笑，永远是一副从容不迫的样子，似乎眼前的一切早就在他的预料之中，没有任何意外的感觉。

有王司马在此，这些平日目中无人、毫不在乎法度约束的名士们大概不会闹出什么事吧。

司马睿稍微放下心来。但他正在想着，就听砰的一声大响，吓得心中猛地一跳，忙向发声处望过去。只见宴席上一位又高又胖的中年名士竟是将酒杯重重拍在面前的案几上，然后站起身，怔怔地望向长江北岸。

原来是军谘祭酒（古官名，军谘为军事参谋之意，祭酒为首席之意，地位较将军府一般幕僚更高）周𫖮。

司马睿顿时皱起了眉头，心中很不高兴。

周𫖮出自中原第一流豪门世家——汝南（治所上蔡，今河南上蔡西南）周氏。其先祖本姓姬，为周王朝宗室子弟。后来周王朝为秦国所灭，其先祖为不忘本源，改姓为周，世居汝南，家族渐渐兴旺，历代高官不断，名人辈出。

到了周𫖮父亲这一代，官位仍是不低，位居可以镇守一方的正号将军之位。而巧合的是，周𫖮父亲的将号，也是安东。

周𫖮很年轻的时候，父亲已去世，这使他早早承袭了父亲的爵位武成侯,然后进入朝廷。他先做了一个清闲的秘书郎,很快又转入尚书省,做了极有实权的吏部郎。

出身高贵,年纪轻轻就成为侯爷,且又位居朝廷要职,这使周𫖮立刻就成为无数前辈赞誉的当世名士,却也因此让他养成目中无人,不论在任何场合都会无所顾忌、口出狂言的毛病。

这样的人司马睿根本不想用,但最后还是听从了王导的劝谏——周𫖮名望极大,如果连他都为你所用,天下英雄还不会争先恐后而来吗?

司马睿接受了王导的劝谏,不仅用了周𫖮,还是重用。

但他的重用,却没有收获预想中的回报——得到名望极大的周𫖮当众奉承,反倒是他当众被周𫖮顶撞了几次,自觉大失颜面、心怀愤恨。

"呜呼!"当众人的目光全被吸引过来时,周𫖮忽地仰天大呼一声,然后满面悲伤、哽咽说道,"此地江山如画,犹胜中原旧地。只是风景不改,家国却早已面目全非。痛哉!惜哉!"

周𫖮的言语就似狂暴的巨浪,冲破了悲伤之河的堤坝,酒席上顿时哀声四起,凄凄惨惨。

"吾刘氏所居都城铜驼街,繁华天下第一。可恨国贼作乱,匈奴凶恶,竟不得不举家南逃,如今想要回去,这一辈子只怕也不能啊。呜呜呜……"一个白发苍苍的老年名士泪流满面地说道。

"吾袁氏与祭酒大人同郡,俱为天下第一等望族。只因天降兵祸,逆胡叛乱,以致家人离散,仅剩在下孤身至此,也不知何年何月能再与家人相见,呜呜呜……"一个十分年轻的名士垂着头哭道。

听着众名士的哭声,司马睿差点被气死了。

他好不容易才刚刚站稳脚跟,正指望着这群名士幕僚为他出谋划策、共图大业呢。不料大伙儿头一次聚会就闹出来这么一出悲悲切切、垂头丧气的场景,实在是太不吉利,成心要坏他的事。

只是他一时又不知该如何出言阻止众名士的哭诉。

认真说起,如今中原的大乱,正是因司马氏诸王争权夺利而起,他作为司马氏诸王中的一位,虽是远支,却也不能说与那场大乱毫无关联。

"诸公差矣!"一声大喝忽地响起,压倒了众名士的哭诉。众名士一惊,纷纷向王导望去。

王导从席上站起,神情少见地严肃凝重,徐徐向众人扫视一遍。

"吾等名士,一向通达,当悲则悲,当喜则喜,差在何处?"周顗不服地说道。

"诸公不仅是名士,也是军府僚属、各有职责。今日聚于此地,自当同心协力,共谋国策,上保王室,下安百姓,如此方能克复神州,收拾旧时山河。而此刻诸公不思振奋,反倒相对哭泣,只怕北方的那些匈奴人听说了,会仰天大笑,说吾大晋男儿就算逃到江南,也只是临刑流泪的囚徒,只知道等死罢了。难道诸公今日的心境,真是如此吗?"王导反问道。声音并不严厉,却字字如刀锋一般刺进众

名士的心中。

众名士面面相觑,一时间俱是默默无言,心中大感羞愧。

"好啊,王司马说得好。孤王有王司马辅佐,就似春秋之时齐侯有管仲辅佐一般。齐侯尊管仲为仲父。从今日起,王司马就是孤王的仲父。"司马睿兴奋至极,忽地站起来,以拜见长辈之礼向王导深深一揖。

他的言行,看似一时激动,其实早有准备,只是在等待一个恰当的时机表现出来。

如今这个时机终于来到了他面前。这样,他的命运已是和琅琊王家牢牢连在一起,一荣俱荣一损俱损。

"王爷过誉,过誉了。属下怎么可以与古贤管仲相比?"王导满面惶恐,拱手后退,却并未完全回避司马睿的行礼。

当此乱世,司马睿想成就大业,必须拥有号令四方的权威。同样,王导若想保持琅琊王氏在世家大族中的巅峰地位,也需要能够让众多名士凝集在他周围的崇高声望。

众名士你看看我,我看看你,好像明白了什么,纷纷向王导祝贺,并以"仲父"相呼,心底禁不住激动起来。

齐侯是谁?是名传千古、号称九合天下诸侯的一代霸主齐桓公啊。管仲是谁?是文能强盛邦国、武能攘夷尊王的春秋第一名相啊。如今江南之地既有胸怀霸主雄心的琅琊王,又有以攘夷尊王为志向的"仲父",或许真能克复神州,让大伙儿风风光光回到中原故乡。

江南有"仲父"出现的消息很快就传遍了中原大地,无数身陷黑暗的人们就似看见了一盏希望的灯火,久久地向江南遥望,盼着那盏灯火愈来愈近、愈来愈明亮。

禁脔之论

建康城虽然号称繁华，但随着中原世家纷纷携带家眷部众来到，人口便急速膨胀，物价飞涨，即便是安东将军府，日常供应也十分紧张。

司马睿为此十分忧愁，传召王导前来议事堂，商议该如何应付。不想王导还未来到，一个将官已是急匆匆奔进来，跪下禀报："王爷，不好了，打……打起来了。"

"谁打起来了？"

"府中……府中的那些大人们。"

"他们为何打起来了？"

"为了一块……一块猪肉。"

"一块猪肉？"司马睿大感困惑。他府中的僚属大多出身豪门，怎么会为一块猪肉打起来？

"王爷，恕属下来迟。"王导走进议事堂，拱手施礼。

"仲父免礼，请坐。"司马睿连忙还礼，显然没有将王导视为寻常的部属。

王导坐在席上,向那将官看了一眼。

将官立刻站起,倒行着退出议事堂。

"仲父,外面的那些人真的打起来了吗?"

"真打起来了。不过请王爷放心,属下已平息此事。"

"他们真为一块猪肉打起来了?"

"这个应该是半真半假。"

"仲父何出此言?"

"这件事说是真也真,说是假也有些假。那些来自中原的名士平日锦衣玉食,享受惯了。如今来到江南几乎吃不上他们喜欢的羊肉,只好吃他们从前看不上的猪肉。不想近来连猪肉也十分稀缺,让他们的日子过得甚是狼狈。还好王爷贤明仁厚,见此情形,就将下面郡

县进献的猪肉多分些给他们。只是猪肉有肥有瘦,他们难免挑挑拣拣,只想得到好的,自然就争闹不已,到最后竟是颜面尽失,打斗起来。但依属下想来,那打斗的原因,其实并不在那一块猪肉上。"

"那在于何处?"

"属下请问,这分配猪肉之事,如今由何人掌管?"

"乃是长史纪瞻……哦,仲父是说,那些名士其实是因为纪瞻打起来的。"司马睿一下子明白过来,恍然说道。

纪瞻是江南本地名士,祖父曾做过孙吴尚书令,其人既善谈玄言,又对政事十分擅长,名望极高,因此被司马睿拜为军府长史。

长史主管将军府中日常事务,较有实权,但事务繁杂,那些来自中原的清高名士自然不屑于担当此职。只是当他们因此受到纪瞻管束时,又极不高兴,总想找机会打击一下纪瞻。

在纪瞻分配猪肉时争吵闹事,也许就是那些清高名士找到的机会。

"王爷圣明。那些中原名士把一件很小的事情故意闹大,就是想让纪瞻下不了台,最好能主动辞官,好让他们出一口心中恶气。"王导微笑着说道。

"这帮中原名士的脾气都很大,就算是孤王,他们也不怎么放在眼里。不知仲父又是如何把他们的争闹平息下来的?"

"属下一时也无善策,只能借用其谋,用他们的办法来对付他们。他们不是要把一件很小的事情闹大吗?那属下就让那件事更大起来,大到他们无法承受。"

"愿闻其详。"

"他们争夺的那块猪肉,是猪脖子周围的一块嫩肉,据说味道十分鲜美,众人称之为脔。属下告知他们,此乃禁脔(luán),非人臣可以享用。听了此言,那帮名士自是无法再闹下去,纷纷告罪而退。"

"仲父此言,孤王如何担当得起?"司马睿心中大喜,脸上却全是惶恐之色,慌忙站起,连连摆手。

只有与皇帝相关的事物,才可以加上那个"禁"字。王导的言语,分明是在告诉众人,那一块鲜美的嫩肉,唯有司马睿才可以食用。因为司马睿将来必定会登上皇帝大位,他所拥有的一切,臣子绝不可以染指。

而众名士听了王导之言,没有一人反对,显然已认可司马睿为"候补皇帝"。这对司马睿来说,自然是极好的一件事情。

虽然司马睿称王导为仲父,已显示霸主雄心。

但霸主怎么可以与皇帝相比呢?

皇帝是天子,是普天之下莫非王土,率土之滨莫非王臣的天子啊。

"王爷胸怀天下,有何担当不起?不过今日之事,倒是让属下明白过来。其实这禁脔人人皆有,并且看得极重,决不愿轻易失去。"王导感慨地说道。

"还请仲父指教。"

"在这江南之地,人群大致可以分为三类,各自有其不可触碰的禁脔。一类是中原的豪门世家,他们虽避开了战乱之地,但部众和

财物损失极重，然而只要他们高贵的门第还在，失去的一切仍有可能在这江南之地找补回来，因此门第的上下尊卑，就是他们最看重的禁脔。二类是来自江北的流民，他们没有什么门第，身份低贱，却能不忘大晋，心系故土。这样的家国之念，应该是他们最看重的禁脔。三类是江南土著，他们从前无论门第高低、贵贱贫富，日子还算安宁，如今眼见他乡之人纷纷而来，心中难免不安，害怕江南之地也会陷入中原一样的混乱。因此保持安宁、守护好现在所有的一切，无疑就是他们的禁脔。"

"既是如此，孤王当如何应对？"

"上善若水，顺势而为即可。"

"何谓顺势而为？"

"中原南渡的豪门世家，最担心门第跌落，王爷当以显要清贵之职赐予那些豪门世家，让他们的门第更显荣耀。军府既立，自当以克服神州号召天下。如此军府必须保有一支可以随时北征的大军。王爷可将那些江北流民安置在京口（今江苏镇江）一带。京口周围荒地甚多，可以让他们充作屯田军卒，农事繁忙时种田，秋收后练兵。如此必能让他们长久保持家国之念，最终成为军府能够倚仗的一支劲旅。江南土著的田地财物，大多集中在太湖周围，军府当明令南渡的豪门世家不可在此置业，其家产可从会稽（今浙江绍兴）等处购置，如此可尽量减少那些豪门世家与土著的冲突。同时也明令军府北征时不召江南百姓充作军卒；但作为回报，江南那些豪门世家亦不可隐瞒家产，当如实缴足赋税，充作军府用度。"

"妙,妙啊。有仲父在此,孤王何忧之有?"司马睿连声称赞,心中又是高兴,又隐隐有些不舒服。

他高兴的是,军府若依王导之策而行,很快就会摆脱眼前的困境,不至于连一块小小的猪肉都成了人人争夺的宝物。

他隐隐有些不舒服,是王导说人人都有不可触碰的禁脔。天下只有帝王之物才能称"禁",其他人怎么也能称禁呢?

虽然明知王导之言只是比喻,但司马睿就是无法消除心底的不舒服。

击楫中流

几阵秋雨过后,长江水涨,烟波浩渺,似无边无际的大海一般。

京口城外的码头上,忽然多了许多人,望着一队扬帆驶往江心的渡船,神情各异,议论纷纷。

"想不到啊,想不到。自中原大乱以来,只见到那些北方的世家大族仓皇南来,却从来不见有哪家渡江北返。今日真是开了眼。"一个白发苍苍的老者喃喃说道,眼中隐隐有泪水浮现。听他的口音,显然也是自北方南迁而来。

"祖大人已被军府拜为奋威将军、豫州刺史,自当领兵北上。"一个看上去很年轻、身穿锦袍的富家子弟背着双手说道。

"兵?兵在哪里?"

"这个……那个……"富家子弟神情尴尬,无言以对。

"军府资财困难,也无甚兵马,只给了祖大人一千人的口粮和三千匹粗布,让祖大人自行到江北征兵。其实祖大人只需派几个部下过江征兵就可以。不想祖大人为表示他北征的决心,竟然亲自去往江北,还带上了家眷和所有的部众。"一个身穿青色官袍的中年人眼中全是敬佩,望向江中的船队。

船队为保持平稳,以绳索前后相连,大约十六艘,每艘乘者三五十人不等,男女老幼皆有,任谁看上去都知道是些很平常的百姓。

唯有最前面一艘船的甲板上站立着十余青壮男子,俱是腰佩长刀,围绕在一位年过五旬、须发花白的老人身旁。

"此时此景,正是我祖逖(tì)梦寐以求的时刻。"须发花白的祖逖眼前模糊,仿佛看见了一个久别的人。

那个人叫刘琨(kūn),与祖逖年龄相近、志趣相投。二人担当司州(管辖都城洛阳周围之地)主簿(处理州府日常文书的官职)之时,住在同一个宿舍内,每当听到鸡鸣之声,便起床舞剑,强身健体。

周围同僚无法理解,刘琨、祖逖二人俱是出身豪门世家,正当青春年少,不去斗鸡走马、流连青楼美酒,却天不亮就辛辛苦苦爬起来折腾自己,简直是又疯又傻。因此见了二人,便怪声怪气叫道"闻鸡起舞",然后哄堂大笑。

刘琨、祖逖自是对众人的嘲笑毫不理睬。二人早有共识——大晋天下看似繁华无比,却人人只知享乐斗富,对国家大事毫不关心,长久下去,战乱必生。到那时他们若想做成一番事业,没有一个好身体怎么能行?

"如今北边的那些敌人,都是在马背上长大的豺狼,凶恶至极,军府让我们去征讨这样的强敌,却又不给我们一兵一卒,这分明是

想害死我们祖家啊。"一个四十岁左右的大汉愤愤地说道,打断了祖逖的回忆。他是祖逖的弟弟祖约,他与兄长一样喜欢习武,身体健壮。

"是谁让我们祖家失去了故乡?是谁害死了我们的家人同胞?就是那些豺狼。自古豺狼食人无厌,就算我们避到了江南,他们就不会来吗?刘琨大人知道这些,所以他至今尚在北方奋力杀敌。许多江北的流民知道这些,也愿意为了故乡、为了他们的家人同胞勇敢地与豺狼战斗。当年我曾与刘琨大人闻鸡起舞,今日自当与刘琨大人共灭强敌、恢复神州。如果谁害怕了,想如同羊羔一样躲在江南,等着豺狼来吃他,我祖逖决不阻拦,现在就可以放下小舟,让他回返。"祖逖目光如刀,从祖约身上掠过。

祖约脸色红涨,低头不语。

"儿愿从父亲大人北征,誓死杀敌!"祖逖之子祖道重上前一步,大声说道。

"愿从大人北征,誓死杀敌!"围绕在祖逖身边的众人纷纷行礼。众人大多是祖逖的兄弟子侄,还有一些部众头领。

"好!"祖逖大赞一声,忽然从身旁拿起一支短桨[桨短称为楫,桨长称为棹(zhào)],大步走上船头,用力以短桨敲击船舷。

砰砰砰!

巨大的响声从船头上发出,回荡在宽阔的长江中流,恍若行军之时敲击的战鼓。

"天地为证,祖逖若不能击败强敌、恢复神州,当如大江之水,永不回返！"祖逖仰首望天，声如雷鸣，远远传到江边的码头上。

"祝祖大人北征大胜！"码头上白发苍苍的老者听着那雄壮的誓言，热泪滚滚而出，跪下大声祝颂。

"祝祖大人北征大胜！"

"祝祖大人北征大胜！"

……

年轻的富家子弟跪下来大声祝颂。

中年官员跪下来大声祝颂。

码头上无数逃难到江南的北方流民跪下来大声祝颂。

一马化龙

夕阳西下,一个白发苍苍、弯腰驼背的衰老家奴驾着一辆没有华盖的简朴牛车,缓缓从丞相府中驰出。

琅琊王司马睿双眼红肿,身穿素服,端坐在牛车中。

牛车在暮光中拖出长长的暗影,看上去分外凄凉。

"天下不可一日无主,请王爷速登大位!"

"请王爷速登大位!"

"臣等恭请王爷速登大位!"

……

牛车刚从丞相府大门驰出,早已等候在府门外的众多文武官员和皇室宗亲就一拥而上,跪伏在牛车前,高声呼喊。

众人和司马睿一样,都是身穿素服,双眼红肿。

数日前,噩耗传来,建兴四年(公元316年)十一月,匈奴人攻破大晋都城长安,俘虏了十七岁的皇帝司马邺(yè)。

因为匈奴人刻意封锁消息,直到次年三月,建康(因避皇帝名讳,此时建业已改为建康)城的人们才得知大晋已失去了天子。

众文武官员和皇室宗亲当即联名上表,恳求琅琊王立即登上大位。

但是琅琊王当众号啕大哭,坚决拒绝。

"孤王是罪人啊,罪该万死!皇上委重任于孤王,盼着孤王能恢复中原,驱逐匈奴。可是孤王尚未出征,皇上已遭此大难,实为孤王之罪,实为孤王之罪啊。"琅琊王哭得昏天黑地,死去活来。

众人只得陪着痛哭,心中都十分惭愧——

司马邺对琅琊王极为看重,登位之后连发诏令,拜琅琊王为侍中、左丞相,大都督陕东诸军事,命琅琊王发兵北上,解救危急中的大晋皇室。

琅琊王司马睿接到诏令后,立即集结大军、亲披甲衣,誓言北上征讨匈奴。

只是或者天灾忽至,阻断道路,或者后方有贼叛乱,或者主帅重病……总之,出征大军到最后都不得不返回江南。

琅琊王哭了三天,众人劝进了三天。

琅琊王哭红了眼睛,众人也哭红了眼睛。

众人想,哭了这么久,琅琊王也该消停下来,勉强答应众人去做了皇帝吧。

谁知琅琊王不仅仍然不答应,还让一个气都喘不上来的老奴驾着一辆破旧牛车,说是要回到琅琊封国去,等待新皇继位后将他治罪。

"丞相大人若不肯上应天命,臣只有以死相报!"西阳王司马

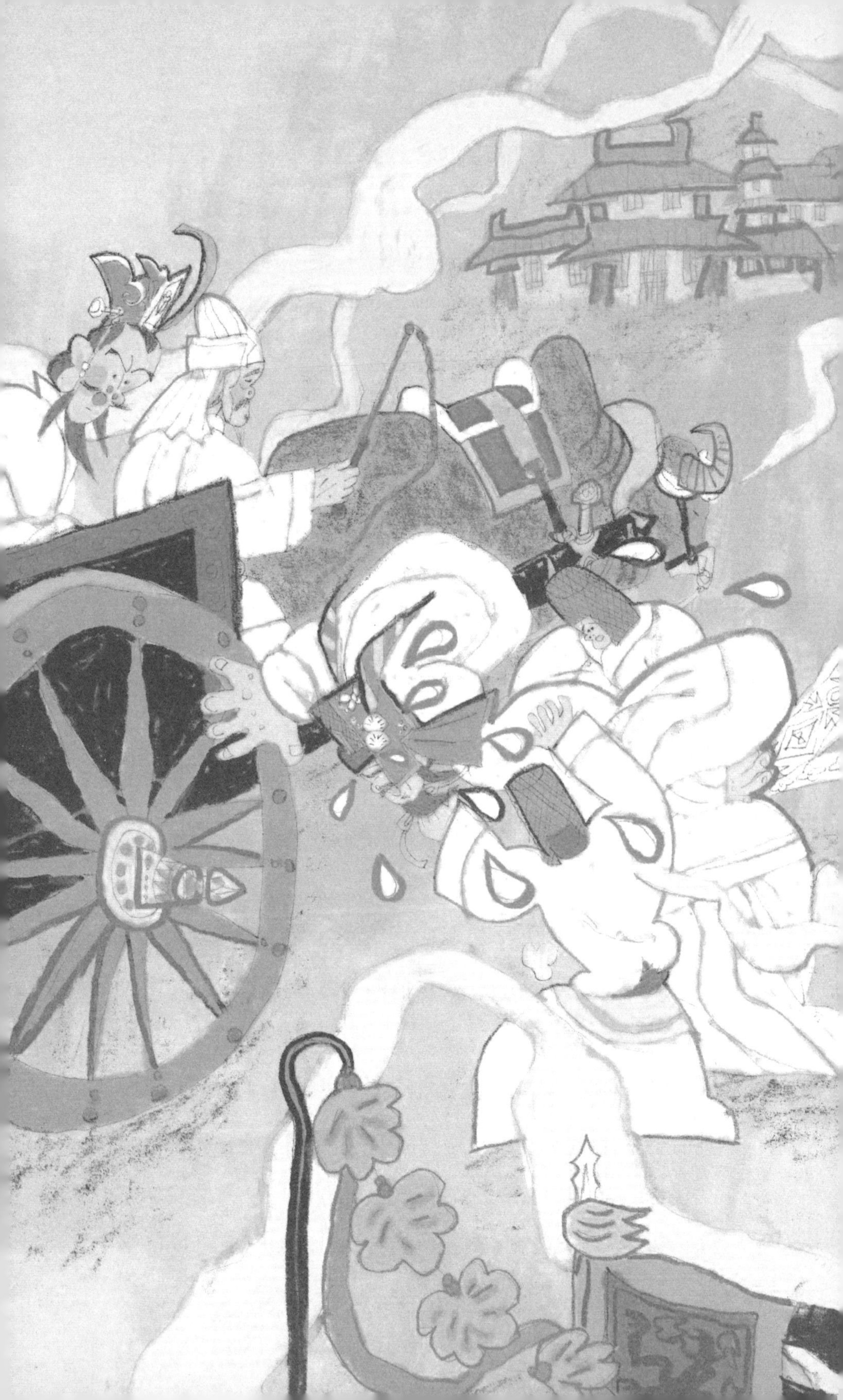

羕(yàng)在大叫声里,作势向牛车撞上去。

左右慌忙上前,死死抱住西阳王。

"放开我,放开我!"西阳王拼命挣扎,声音里有无尽悲愤。他的悲愤发自肺腑,只是并非因大晋失去了天子而悲愤。

为什么?琅琊王是王,我西阳王就不是王吗?但为什么只有这个戏子一般的琅琊王才会被众人如此拥戴?难道我西阳王就不可以上应天命吗?

悲愤中的西阳王不由得想起了流传在建康城街巷中的一句童谣——五马渡江去,一马化为龙。

马是指南渡的司马氏诸王,龙代指皇帝。

那童谣分明是在说,大晋有五位王爷渡过了长江,但其中只有一位能成为皇帝。

西阳王司马羕最初听到那句童谣时,心里很高兴,认为那个最终化为龙的一马就是他西阳王。虽然他与琅琊王同样是远支皇族,但名望比琅琊王大得多。

他的父亲是汝南王司马亮,曾经执掌朝廷大权,对众世家大族有过恩惠。但是后来他悲哀地发现,众多世家大族还记得他父亲的恩惠,却也只是记得而已,顶多会称赞他两句贤明仁德。

可是他若不能一马化龙,这贤明仁德又有何用?

对于已在江南站稳脚跟、得到琅琊王氏全力支持的司马睿,他那虚幻的名望不堪一击,到头来为了自保,他还要比任何一个朝臣都更加拥戴司马睿,甚至不惜当众宣称他愿意立刻为司马睿去死……

"你们这是想逼孤王去死啊。好,孤王这就成全你们。"司马睿悲愤地说着,伸手去拔腰间佩刀,手臂却被王导牢牢按住。

"王爷仁德,当以天下百姓为重,可暂不称帝,以晋王奉祀宗庙。"王导缓缓说道。

司马睿听了,这才沉默下来,任由西阳王、王导等人簇拥着牛车返回丞相府。

次日,司马睿自号晋王,年号改为建武元年(公元 317 年),以丞相府为晋王宫,建宗庙社稷,立长子司马绍为晋王世子,封赐百官,拜西阳王司马羕为抚军大将军、太保;拜王敦为征南大将军,爵封汉安侯;拜王导为骠骑将军,都督中外诸军事……

又过了一年,又是三月,司马邺被匈奴人杀死的消息传到建康。

这一次,晋王司马睿又是哭红了眼睛,但只是哭了一天。

文武百官和皇室宗亲陪哭一天后立即劝进,请求晋王登上皇帝大位。

晋王以天下为重,并未反复辞让,当日就举行祭天大礼,登上大晋皇位。

建康城街巷的童谣,终于应验——

琅琊王、西阳王、南顿王、汝南王、彭城王五马过江,最后只有琅琊王司马睿一马化龙。

共坐天下

司马睿正式登上皇帝大位,首次朝会君临众臣时,就让满朝文武大吃一惊,几乎怀疑身在梦境之中。

但就算是在梦境中,也不该出现这样的情形——

当众臣已依官位排好次序,准备向司马睿行以跪拜大礼时,司马睿却忽然离开高高在上的御床,一把扶住众臣之首王导。

"朕能有今日,全赖仲父扶持。今日仲父当与朕共坐御床,同受众臣朝拜。"司马睿微微弯腰,十分谦卑地说道。

仿佛此刻他才是臣下,而王导才是皇帝。

朝臣们一下子愣住了,你望望我、我看看你,谁也说不出话来。

自秦王嬴政自称皇帝以来,没有任何一个臣下能够与皇帝在朝会上共坐御床。

那御床绝非是一件寻常的坐具,那是天下的象征啊。

坐上御床,就是坐上了天下。

普天之下,莫非王土。

唯有皇帝,才能坐上天下。

自有皇帝以来，无论出现了多么强霸的臣下，只要君臣名分还在，就没有谁公然在朝会上去坐上御床。

无论是大魏的开创者曹操，还是大晋的开创者司马懿，也只不过是得到剑履上殿、面君不跪的礼遇。

就算是春秋之时那位名传千古的"仲父"管仲，也没有与国君共坐御床之上啊……

司马睿一登上皇帝大位，整个人就变了，完全变了。

王导看着眼前满脸谦卑的皇帝，心中全是悲哀。

司马睿也许曾真心感激过他，但皇帝今日的言语举动，却分明是布下了一个欲置他王导于死地的陷阱。

如果他真听信了皇帝的话，走向朝堂的最高处，与皇帝共坐御床，同受众臣朝拜，那么种种流言立刻就会传遍天下——

当年曹操、司马懿以臣下之身，一步步为家族打下夺取皇帝大位的基础，不就是从剑履上殿、面君不跪这样超越人臣的礼遇开始的吗？

而王导竟比曹操、司马懿更厉害，直接逼迫皇帝与他共坐御床？

这说明王导已是急不可耐，立刻就要叛逆朝廷，做了乱臣贼子。

既是乱臣贼子，那就人人可以诛杀。

王导甚至已经感觉到有几道杀气向他逼来。那几道杀气绝大部分来自多少有些兵权、平日里对王氏兄弟极为不满的朝臣。

但也有一道杀气来自他的堂兄王敦。

王导仿佛听到了王敦的心声——贤弟怕什么！没有我们王家，

眼前这个满脸虚情假意的家伙哪有本事坐上御床？那个皇帝大位，既然是我们王家帮他拿来的，上去坐坐又有什么了不起？

皇帝啊皇帝，你如此自作聪明，竟然当众对我试探，就不怕因此激发大乱，重蹈我大晋诸王作乱、自相残杀的覆辙吗？

此刻王导心中不仅是悲哀，还带着一些愤怒。

"微臣惶恐。君臣有别，不敢乱了礼仪。"王导说着，挣脱司马睿的相扶，后退一步。

"朕与仲父，就似那鲍叔牙与管仲一样，乃是生死之交。岂是寻常的君臣可以相比？"司马睿再次上前扶住王导。

"君为太阳，众臣和百姓是地上生长的万物，如果太阳混同于万物，天下苍生又如何能够生长？此乃天道，微臣万万不敢有违。"

王导看上去惶恐到了极处，身体隐隐发颤。

"仲父把天道都抬了出来，朕还能说什么呢？"司马睿万般无奈地说着，摇摇头，回到高高的御床上。

庄重的朝拜仪式得以继续进行。礼毕之后，皇帝论功行赏，大封官爵。

拜王导为司空、侍中、都督中外诸军事、录尚书事、领中书监、领扬州刺史等，几乎朝廷内外一切事务，都由王导掌管。其权位之重，仅在皇帝之下。

拜王敦为征南大将军，江州刺史，都督江、扬、荆、湘、交、广六州诸军事。

王导、王敦的众多兄弟子侄，也是官位连升，大到一州刺史、一

郡太守,小到尚书郎、中书郎等等。

一时之间,琅琊王氏的名望达到了顶峰。晋朝的皇帝依然是司马氏,但满朝文武皆出自王氏,形成了"司马皇帝与琅琊王氏君臣共治天下"的局面。

建康城的里巷之中,不时有童谣响起——王与马,共天下。

兄弟同盟

仿佛一瞬间,夕阳就已坠落在高墙之后。

天地间顿时一片昏暗。

蓟(jì)城(今北京西南)官衙一处看守森严的小院中,大晋征讨大都督、太尉、并州刺史、广武侯刘琨徘徊在昏暗中,不知不觉吟出一句刚刚写出的五言诗——功业未及建,夕阳忽西流。

往日的情形犹如梦境,一幕幕浮现在他面前。

刘琨为汉中山靖王刘胜之后,年轻时以风流豪侠自许,且精通诗文音律,名满天下,却又傲气过人,常常任性而为,与众世家子弟以追逐声色犬马为乐。

幸好他遇到了一个叫祖逖的人,才看透在大晋表面的繁华豪奢之下,已是危机重重。他这才猛醒过来,告别昔日的放荡,每当鸡鸣之时,便起而舞剑;然后苦读兵书,关心军国大事,誓言努力上进,建功立业。

当司马氏诸王争权,引发天下大乱,匈奴人趁势入侵中原之时,众多世家子弟只知仓皇南逃,哀叹悲伤;而刘琨却能奋起抗敌,仅率数十家兵和借来的千余兵卒，冒死北进，夺占晋阳（今山西太原），招抚流民，扩充军队，成为北方大地仅剩的少数几处大晋能够控制的重镇。

先后占据大部分中原之地的匈奴人、羯人无法容忍他们的背后有刘琨这样坚决抵抗的晋军存在，一次又一次向刘琨发动猛烈的攻击。

势孤力单的刘琨最终战败，不得不退出晋阳，突围至蓟州，与镇守蓟城的幽州刺史段匹磾（dī）会合。

在北方势力最强大的匈奴、羯人、鲜卑三大部族中，匈奴、羯人是晋国死敌，匈奴人甚至接连俘杀了晋国的两位皇帝[晋怀帝司马炽（chì）、晋愍帝司马邺]。然而在这个匈奴、羯人大占上风的时刻，鲜卑人却坚决站在晋国一方，不仅接受晋国的官职和封号，还与刘琨联合，不断进入匈奴、羯人的侧翼，很大程度上牵制了匈奴、羯人南侵的兵力，为司马睿在江南重建晋国争取了宝贵的时间。

幽州刺史段匹磾是鲜卑段部左贤王（相当于太子，为段部之主继承人）是抗击匈奴、羯人最坚决的鲜卑大将，对刘琨十分敬佩。他与刘琨在蓟城会合之后，大为高兴，并立即与刘琨歃血为盟，结为兄弟，誓言忠于晋国，共抗强敌。

刘琨、段匹磾的兄弟同盟大大鼓舞了河北流散军民抗击匈奴、羯人的信心，纷纷前来投奔。一时间蓟城晋军声威大振，形势一片大好。

但就在此时，意外的事情突然发生，段部大单于（游牧民族的国主称号)不幸在段部国都令支城(今河北迁安)去世。段匹䃅的堂弟段末波趁机控制令支城,找了一个傀儡继承大单于之位,而实际上大权掌握在段末波手中。

段匹䃅对这样的情形自是不能容忍,立即发大军攻击段末波。

此刻刘琨已与段匹䃅结为兄弟,自然站在段匹䃅一方,并让他的儿子刘群随同段匹䃅出征。不料段末波对此早有准备,设下伏兵,大败段匹䃅。虽然段匹䃅领残军回到了蓟城,刘群却被段末波俘虏。

狡猾的段末波知道刘琨在晋国北方军民中威望极高,有刘琨在蓟城,他只怕很难彻底击败段匹䃅。就设下离间计,先逼迫刘群写下一封密信,请父亲刘琨为内应,与段末波合谋杀死段匹䃅,然后让刘琨刘群独占蓟城。

携带刘群密信的人不出意料地被段匹䃅的巡逻兵卒俘获,很快段匹䃅就看到了刘群亲笔书写的密信。最初段匹䃅不肯相信密信中说的事情,但经不起部下的谗言——刘琨出身世家,怎么会真心与我们鲜卑人结为兄弟同盟?书信中的事情,宁可信其有,不可信其无。最终,段匹䃅将刘琨围困在官衙小院中,加以软禁……

呼隆——小院的门被推开,身材魁梧的幽州刺史段匹䃅走了进来,拱手向刘琨行礼。

刘琨还礼,心里知道,他最后的时刻已经来临。

"今日有两个消息,一个好,一个不好,兄长想先听哪一个?"段匹䃅问道。

"自然是好消息。"

"兄长关心的奋威将军祖逖如今已深受中原百姓敬重,各地豪杰纷纷去投,兵马已是过万,并且连败贼军,已经占据中原重镇谯城(今安徽亳州)。"

"好!祖兄正在努力实现我们兄弟当日的誓言。谢谢刺史大人送来的这个好消息,能够让我死而无憾。"

"不好的消息是,前来投奔我幽州的代郡太守辟闾嵩、后将军韩据竟然起兵谋叛,想劫持兄长占据蓟城,已被我亲自领兵诛杀。"

"这真不是好消息。如今天下混乱至此,就在于我们本是兄弟,却总是自相残杀。这样的情形,不能再继续下去了。"

"是啊,不能继续下去……"段匹磾忽然心中一阵大跳,怎么也说不下去。

此时此刻,他很想忘记的一段誓言,却清晰地回响在耳旁——有逾此盟,亡其宗族,俾(bǐ)坠军旅,无其遗育。

那是他和刘琨跪在祭坛前,共同对上天发出的血誓。如今誓言还未从耳旁消失,结义为兄弟的一个人就要杀死另外一个人。

"还望刺史大人不要因为你我之间的私怨忘了尽忠于国、恢复神州的大义。"刘琨神情坦然,向段匹磾深施一礼。

"兄长放心,匹磾不敢忘记大义,绝不敢。"段匹磾脸色红涨,逃一般匆匆退出小院。

晋太兴元年(公元318年)五月八日,幽州刺史段匹磾自称奉皇帝密诏缢杀刘琨。

王敦造反

晋永昌元年(公元322年)正月,一个惊人的消息迅速传遍了建康城的大街小巷——大将军、荆州牧王敦造反了,正亲率数万大军自长江上游顺流而下,眼看就要兵临建康城下。

建康城的百姓们惊骇中议论纷纷:

"不是说'王与马,共天下'吗?怎么一转眼间,王家的大将军就造反了?这是怎么回事?"

"王家的大将军并没有说他要造反,只是说朝中出了刘隗、刁协两个大奸臣,一心想置王家于死地。所以大将军发兵并非是要夺了皇帝大位,只不过是在清君侧,要杀了刘隗、刁协二人。"

"大将军无论怎么说,也是臣下啊。君为臣纲,身为大将军,竟然统兵杀向都城,还声言诛杀当朝大臣,不是造反,又是什么?"

"造反可是灭族之罪啊。听说当朝王丞相是大将军堂弟,只怕这次难逃满门诛灭。"

"皇帝可是当众称王丞相为仲父,这仲父也能杀吗?"

"就算皇帝亲儿子造反了,皇帝也会杀了,何况是什么仲父。"

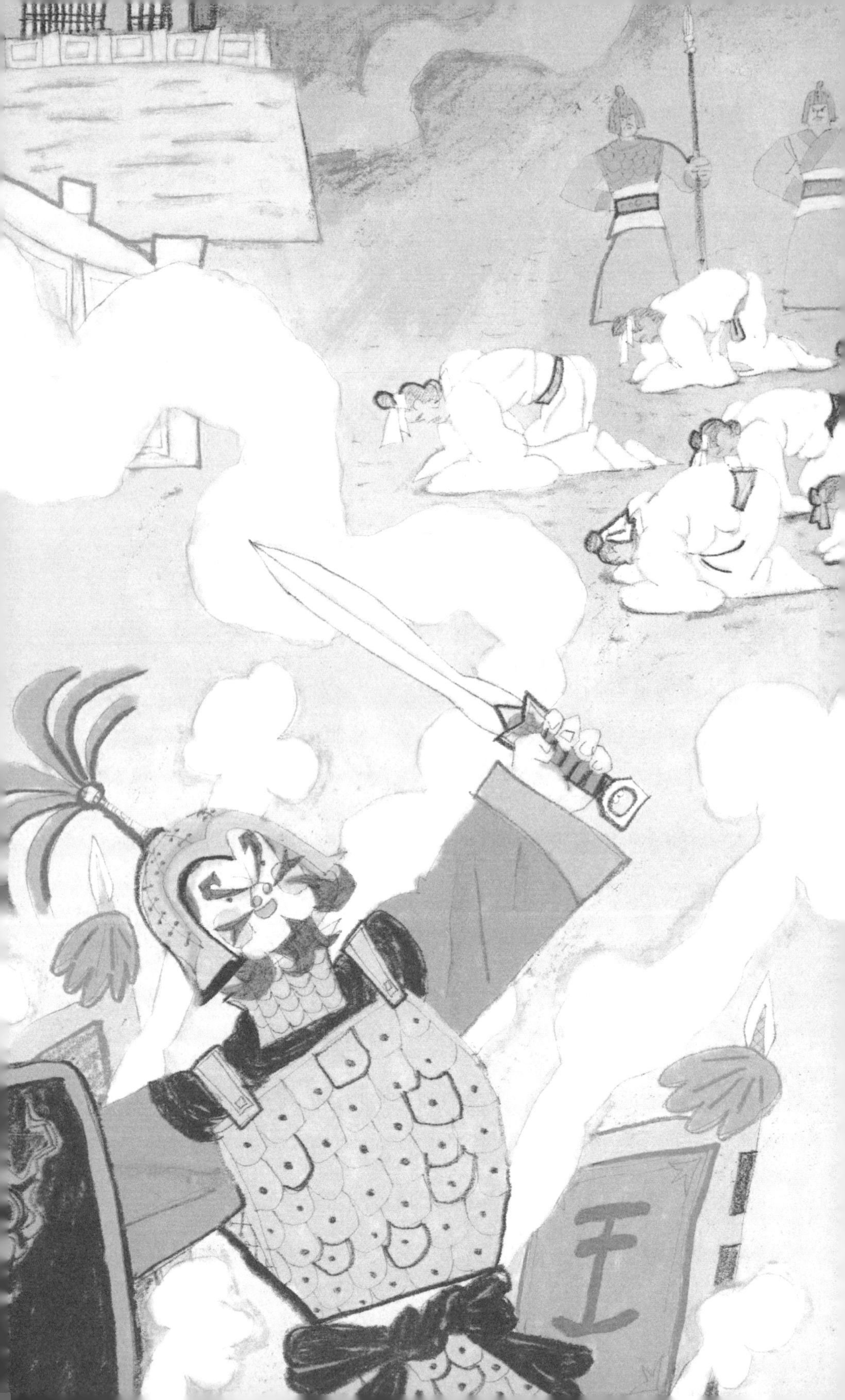
王

"不错,大伙儿都说,王丞相已领着全家人跪在宫门外,等着皇帝下旨杀他呢。"

"有这等事?去看看,看看。"

众百姓说着,向皇宫拥过去。

皇宫外戒备森严,有众多披甲军卒手执长戟守护在皇宫大门外。

众百姓不敢上前,远远望过去,果然看到一群身穿素服的人跪伏在宫门前,一动也不动。

不时有身穿朱紫官袍的朝廷大臣走过来,进入宫门。

众大臣早已看见跪伏在宫门前的那群人,却装作没看见,脚步不停,匆匆而过。

王导跪伏在众人最前面,看着一个个走过面前的朝廷大臣,心中阵阵发凉。

他也没想到,堂兄王敦会突然发难,以清君侧的名义举兵造反,顿时让他落入面临杀身之祸的极度险境中。

不过他在心底,并没有对王敦有太大的恨意,他恨的是皇帝司马睿。

自从司马睿登上大位之后,晋国的形势越来越好,眼看中兴有望,说不定真有击灭仇敌、恢复神州的那一天。

"王与马,共天下。"不仅是一个街头巷尾流传的说法,而且是重新建立的晋国在外临强敌、内部混乱的情形下,不得不应对的国策。

"马"是司马睿,他可以利用皇室血统的名义号召天下,以华夏正统凝聚人心。

"王"是王导、王敦兄弟。王导总揽朝政,实行宽松的治理,让那些仓皇南渡的世家大族能够在较为安定的环境下心情渐渐平和,相互间的争斗不那么激烈。同时这样的环境,也让南方的世家大族放下被北方世家大族夺去土地人口的恐惧,愿意与朝廷合作。而王敦则主掌军事,以都督六州诸军事的权力清扫长江上游拒不服从新建朝廷的各种势力,确保下游建康城的安全。

此时北方的匈奴人、羯人相互不服,陷入恶斗之中,一时无法南侵。

奋威将军祖逖趁势北伐,收复北方众多失地,大军直抵黄河岸边。

短短三四年的时间,相对安定的局势已让江南的鱼米之乡恢复了往日的富庶,朝廷也因此积累了许多资财……

这一切,让王导很高兴,很有成就感。

但他不知道,皇帝此时已经是极不高兴。

天下是皇帝的禁脔,只能为皇帝独自拥有,怎么可以与臣下相共?

从前司马睿处境艰难,只能依靠琅琊王氏。但现在一切都已好转,正是他使出雷霆手段,让众臣下明白谁才是天下主人的时候。

司马睿使出的手段是升官。

首先是升王导的官,因为有曹操以丞相名义篡汉的先例,晋国在绝大部分时候不设丞相官职,以司徒、司空、尚书令、中书令等官职代行丞相职权。

但司马睿恨不得把所有与丞相职权相关的官位都加在王导身上,最后竟直接恢复丞相之位,并且让王导成为首任丞相。

王导自是连连谦让,说他担当的官职太多,已是不堪重负。

司马睿对仲父极为敬重,怎么能让仲父如此劳累?于是找来了三个人为王导分忧。

这三个人是刘隗(wěi)、刁协、戴渊。

刁协、刘隗出自北方世家大族,但门第只能算是二三流,远远不能与琅琊王家相比。戴渊出自南方世家大族,门第也偏低。

依照惯例,三人不可能很快进入朝廷中枢,执掌大权。

司马睿却打破惯例,迅速将三人推上朝廷重臣之位。

刁协被皇帝拜为尚书令,分担丞相王导的朝政治理之事。刘隗被拜为镇北将军,都督青、徐诸军事,执掌江北兵权。戴渊被拜为尚书左仆射,都督幽、冀、豫、兖、并、雍六州诸军事,与刘隗共掌江北兵权。

刁协、刘隗、戴渊三人对皇帝感激涕零,发誓以死尽忠。

于是朝廷宽松的治理为之大变,种种令人意想不到的严苛政令一道接一道传下来。

原本朝廷不太关注礼法之事,刁协、刘隗、戴渊却格外重视。偏偏此时无论是北方世家大族还是南方世家大族,都喜欢谈论老庄一派的道家玄言,对孔孟一派的儒家礼法并不如何敬重。

刁协、刘隗、戴渊立刻抓住那些世家大族不敬礼法的证据，接连向皇帝上奏——

某朝臣在叔母病亡时居然娶亲。某朝臣在叔父的丧期内竟然嫁女。某郡太守在守孝的最后一日丧心病狂地换了吉服。某刺史的下属狗胆包天，竟敢娶了病亡刺史的小妾。朝廷三十余官员与守丧的同僚相聚饮酒，如同禽兽……

司马睿闻奏大怒，立刻下旨严厉处置。

那些不敬礼法的人轻者贬官、罢职，重者入狱、流放。

一时间众人又惊又怒，议论纷纷，怨声载道。

王导为此深为忧虑，劝谏皇帝——天下未定，朝廷应当少生事端。

司马睿的回应却是对刁协、刘隗、戴渊大加表彰，赏赐丰厚。

刁协、刘隗、戴渊受到鼓舞，更加大胆，开始检举某朝臣贪赃枉法，某朝臣不敬皇威，某将军不听君命，某太守畏敌不前，某刺史整日饮酒、不理政事……而这些人都是丞相王导举荐，当追究其责，罢去王导一切官职。

见此情形，王导只得请求皇帝允许他辞去丞相之位。

皇帝却好言安慰了王导一番，让他继续担任丞相。

而对那些被检举的官员，皇帝则是严厉处置，一个也不放过。

司马睿明显打压琅琊王氏的种种举措，激怒了原本就脾气火暴的王敦。他当即上书朝廷，指责皇帝忘恩负义、过河拆桥，并让皇帝远离奸臣、停止迫害朝臣。

不料皇帝不仅没有因为王敦的上书稍加收敛,反倒动用府库资财,大举征兵,给戴渊加上征西将军名号,让他镇守寿阳(今安徽寿县)。名义是防备北方的胡人南侵,实际上是监控驻守长江上游的王敦。

司马睿认为,琅琊王氏的大部分族人都在建康城,王敦对此必有顾忌,不会做出什么大的事情。何况他此刻拥有的兵卒已超过王敦,也不怕王敦,就算有什么事情朝廷方面也可压服。

然而出乎司马睿的意料,王敦竟然毫无顾忌地尽起所部兵马,以"清君侧"的名义向天下宣告——司马睿第一天斩杀刁协、刘隗,他第二天就退兵。

司马睿的回应是立即召回刘隗、戴渊的江北兵马,拱卫建康城,同时宣布王敦为叛逆,人人可以诛杀。

王导见此情形,立即带领有官职在身的二十余位琅琊王氏子弟,素服跪在皇宫大门前,请求皇帝降罪处罚。

皇帝并未对琅琊王家立即降罪,但也没有理会琅琊王家众人,任由他平日极为敬重的仲父跪伏在初春的寒风中,从早到晚,一天又一天。

忽然,王导看到一个极为熟悉的人影在身旁出现。

"伯仁,伯仁。"王导连忙低呼。

伯仁是武城侯、太子少傅、尚书左仆射周𫖮的字。

周𫖮在朝中以率性直言闻名,什么话都敢说。

有一天司马睿与众臣下饮酒,喝多了一些,兴奋之中手舞足蹈

地说道:"今日我等君臣相聚,如同尧舜之时重现,可喜可贺。"

众朝臣听罢,一时都愣住了——眼前的晋国山河破碎,接连两个皇帝被匈奴掳走,都城宗庙也被匈奴人摧毁,实是耻辱至极。而皇帝竟在此时以圣君尧舜自比,未免太过荒唐。

只是众朝臣心里如此想,却没有一个人说出来,害怕扫了皇帝的兴头。

唯一的例外是周𫖮。

当时周𫖮听了皇帝之言,竟是圆睁双眼,厉声大喝道:"皇上虽然与尧舜一样是人主,但怎么能与圣君相比?"

皇帝听了大怒,从坐席上一跃而起,当即下诏将周𫖮押出朝堂,施以斩首大刑。

王导和众臣连忙劝说,劝了整整一天,皇帝才勉强收回了斩杀诏令。

如今在王敦"清君侧"的逼迫下,皇帝惊怒交加,极有可能做出以连坐之罪杀了王导全族的疯狂举动。

此时必须有一个人能让皇帝保持理智,忍住心头的杀意。但满朝大臣此时又有谁敢因为琅琊王氏触怒皇帝?

也许只有伯仁敢言吧。王导看着身旁的周𫖮,眼里全是祈求。

周𫖮听到王导的低呼,脚步似是慢了下来。

"伯仁,王家上下百余口人,生死就在你一言之间。"王导见周𫖮已走到面前,急切地说道。

周𫖮却仿佛什么也没有听见,陡然加快脚步,迅速走入宫门。

王导看着周顗的背影,心中隐隐浮起一丝希望。

过了许久,周顗才从宫门走出,满口酒气,脚步踉跄。

"伯仁,伯仁。"王导又一次低呼道,盼着周顗能给他带来一个好消息。

"如今我要领兵杀贼,立了军功,换一颗斗大的金印挂在肘子上玩玩,哈哈哈!"周顗大笑着远远离开,未向王导看上一眼。

王导不觉眼前一黑,如同失足跌下了万丈深渊。

忽然一个内宫太监出现在王导面前,宣称皇帝召见。

皇帝终于要对他的仲父动手吗?

王导苦笑一下,挣扎着站起身,勉强跟在太监身后,走进皇宫内殿。

内殿中唯有皇帝一人坐在御床上。

"罪臣该死……"王导说着,就要跪拜在地。

皇帝突然起身快步上前,扶住王导。

"仲父免礼,免礼。"仿佛什么事情也没有发生,皇帝依旧如从前那样对他的仲父十分礼敬。

"逆臣贼子,虽是世世皆有,却不想今日竟是出在罪臣族中。"王导哽咽着,一时无法说下去。他这时才发觉,眼前这位他相交数十年的司马睿,竟有些看不透。

"仲父这几日辛苦了。并非朕不愿召见仲父,而是满朝臣子愤恨王敦叛逆,直言王敦有今日之事,实为仲父纵容。一定要朕诛杀仲父,以正朝纲。"皇帝说着,有意无意看了一眼御案。

那御案上堆满了一卷卷奏章,如同一座小山。

什么满朝臣子?只是刁协、刘隗一党罢了。

王导心中愤怒,脸上却全是悲哀痛悔之意。

"罪臣当死,无论皇上如何处置,罪臣绝无怨言……"

"什么话!你是朕的仲父,岂可言罪?如今王敦那贼顺流而下,已迫近建康。然而刘隗、戴渊二位忠良之臣已率江北十万大军勤王。想那王敦不过跳梁小丑,岂能抵挡朕堂堂王师迎头痛击。因此朕当自为主帅,拜仲父为前锋大将军,出城迎战叛逆。仲父以为如何?"皇帝盯着王导,以高高在上的威严气势说道。

扑通!王导跪拜在地,叩首行以大礼:"罪臣遵旨。"

"哈哈哈!"皇帝看着跪伏在地,浑身都在颤抖的王导,仰天大笑起来。

他在想象中看到了一幅令他无比愉快的画面——

众多琅琊王氏子弟身披铁甲、手持刀矛,列成相互敌对的战阵,然后恶狠狠地冲过来杀过去,直杀得血流遍地、同归于尽。

晋永昌元年四月,朝廷勤王之师与王敦叛军在建康城下展开决战。

司马睿亲自担当主帅,以丞相王导为前锋大将军、镇北将军刘隗居左、征西将军戴渊居右,尚书令刁协、尚书左仆射周顗、奋威将军侯礼等居中拱卫皇帝,监督诸军。

勤王之师的兵力远多于叛军,且又占据地利,理当大胜。

然而决战的结果却是完全出乎皇帝的意料。

勤王之师一触即溃,诸军纷纷大败,奋威将军侯礼等直接被斩杀。刁协、刘隗等弃军而逃,刁协在逃跑的半路上被溃兵杀死,刘隗马快,渡江北逃,最后竟投降了晋国的死敌、羯人首领石勒,被石勒拜为太子太傅。而周𫖮、戴渊等则被王敦逮捕,押入大牢。

司马睿无法理解,堂堂王师为何打不过叛军。又担心王敦会趁势杀入皇宫,夺了他的皇位,要了他的性命,以至于日夜忧愁,如坐针毡。

司马睿此时才能想到,王导率众子弟跪伏在皇宫门外请罪,所受的煎熬就如同是此刻的他。

那时候他看王导,就像一只大猫看老鼠一样。

可是转眼之间,大猫就成了王敦,他反倒成了那只惶惶不可终日的老鼠。

那种利剑悬于头顶,却又不知什么时候才会掉落下来的恐惧彻底击垮了司马睿。

晋永昌元年(公元322年)闰十一月,司马睿忧惧中在内殿驾崩,时年四十七岁,庙号中宗。

伯仁之死

久别的王导、王敦兄弟,终于在王敦的帅帐中相见。

只是这样的情形,兄弟二人做梦也没有想到。

就在昨日,王导还是讨伐王敦的前锋大将军,今日他却在敌方主帅的大帐中成为尊贵的座上客。

"呵呵,这狗皇帝是怎么想的,居然让我们琅琊王氏兄弟自相残杀?他坐着看笑话,就把天下坐稳了?"王敦心情大好,嘲讽地说道。

"兄长太冒险了。只差一点,我们琅琊王氏留在建康城的百十口子人就全完了。这样的事情,老祖宗可绝不愿意看到。"王导心有余悸,带着些责备之意说道。

他口中的老祖宗,是琅琊王氏中近代最著名的人物王祥。

琅琊王氏源远流长,远祖出过许多名震天下的人物,但在王祥之前,已经连续五六代没有出现高官,王祥的父亲甚至终生未入仕途。

但王祥最终做到了太保之位,成为朝廷中官职最高的三公之一。

在魏晋之时,是否被公认为第一流世家大族,就看家族中有没有出过名列三公的高官。

有,就是名正言顺的第一流世家大族。

没有,纵然权势极大,富可敌国,也不能进入第一流世家大族的行列。

因此琅琊王氏对于王祥这位让家族荣耀无比的前辈自是万分敬重,视若神明。

王祥临终时,留下的遗嘱中反复强调父慈子孝、兄弟相敬。至于朝廷和儒士们最推崇的那个"忠"字,王祥根本没有提起。

"这就要怪罪贤弟了。当初我就看这狗皇帝不顺眼,总觉得他一成势就会变成白眼狼。可是贤弟偏说他是个守信君子,决不会忘记我们兄弟对他的扶持之恩。可是后来怎么样了?哼,若非我断然起兵讨贼,王家早就被狗皇帝灭了。"一向行事强横、桀骜不驯的王敦根本不服王导的责备,恨恨地说道。

"兄长今后该当如何?不会真的像外面流传的那样,要夺了皇帝之位吧?"王导不想陷于争吵之中,转过话头问道。

"我只是清君侧而已,谁稀罕这狗皇帝之位。只待此间事了,我就哪儿来回哪儿去,朝廷这一摊子乱事,还是贤弟来管吧。"

"如何才算是事了?"

"我总不能白忙乎一番吧?狗皇帝害我王家,竟没有人出来拦一下。现在该让那些家伙知道我们王家是谁了。"

"兄长要杀人?"

"不杀人何以立威?"

"杀人不好。这场乱事的首祸刁协已死;刘隗虽是侥幸逃走,却又投奔敌国,已经是身败名裂,再也不能回来。"

"还有戴渊、周𫖮这两个家伙呢。这二人可是大有名望,要么杀了他们,要么就得给一个高官。如今朝中无人,这两个家伙可以做上宰辅之臣吗?"

王导听了,顿时沉默下来,眼前不觉晃过周𫖮在宫门前的背影。当时他对周𫖮的希望有多大,后来的失望就有多大。

"那么就让这两个家伙去做尚书令、尚书仆射吧。"见王导忽然沉默不语,王敦笑了一笑,说道。

王导仍是沉默不语。

"既然不能用他们,就只好杀了。"王敦又说道。

王导还是沉默不语。

"哈哈哈!"王敦大笑起来。他好不容易发兵大闹一场,不杀几个朝廷大臣,心里那口气怎么顺得过来。但他知道王导一定会阻止,除非他立刻与王导翻脸。然而在家族中,王导的声望远远大过他,如果他想得到整个家族的支持,此刻就不能与王导翻脸。

王敦本以为说服以宽厚仁慈闻名天下的王导很难,却不料他的杀心竟会在王导面前轻易得到满足。

很快,周𫖮、戴渊二人就被加上叛逆之罪,押往刑场处以斩首大刑。

王敦斩了二位朝廷大臣，心满意足，竟是出乎众人意料地退兵回到驻防之地，仿佛是在以此告诉世人——他大动干戈，真的只是"清君侧"而已。

朝中众臣见王敦退走，大感轻松。这一场"清君侧"虽然声势极大，但众朝臣的损失并不大，除了战阵中的伤亡之外，王敦过后的清算也只是斩了周顗、戴渊二人，而且也未连累其子弟。

只有王导无法轻松，感觉心里好像堵着什么，却又不知道那感觉究竟从何而来。

直到有一天，重新执掌朝政大权的王导在清理中书省往日积累的文书时，才明白了为什么他会有那样的感觉。他震惊地发现，有一份文书清晰记录了司马睿召见周顗的全过程——

司马睿告诉周顗，刘隗已经屡次上表——趁王敦起兵的机会，立刻斩杀王导和琅琊王氏留在建康城的所有族人，以寒王敦之胆，永消朝廷心腹大患。

他已将刘隗的表章给刁协看过,刁协非常赞同,并让司马睿尽快答复刘隗。但司马睿有些犹豫,想听听周顗的想法。

周顗在北方世家大族中极有名望,他的想法几乎就是所有北方世家大族的想法。听了司马睿之言,周顗立即斥责刘隗、刁协用心险恶,是在借皇帝之手为他们谋取私利,陷皇帝于不仁不义之中,企图让皇帝失尽人心,最终成为孤家寡人,最后只能依靠刘隗、刁协二人,任由二人为所欲为。

周顗又说,王导若有不臣之心,自然该杀。但是请皇帝仔细想一想,王导若是真有不臣之心,当初为何会全力维护皇帝的威望,四处为皇帝招募人才,竭尽全力为皇帝扩充府库资财、征集兵卒?并千方百计调和南北世家大族的争执,以此稳固朝廷。

王导对朝廷的忠心和劳苦天下皆知。

皇帝也知道这一切,所以才格外敬重王导,视王导为仲父。

如果王导仅仅因为不知堂兄谋逆,就被灭族,将来天下还有何人敢效忠皇帝。

司马睿听了周顗之言,叹息良久,然后留周顗在宫中饮酒……

王导看着那份文书,看了一遍又一遍,忽然间泪流满面、流涕哽咽。

回到家中,王导招来众子弟,让他们传看文书,牢记周顗之恩,并吸取父辈的教训,千万不可以表象来看人。

最后王导痛悔地说道——

吾虽不杀伯仁,伯仁由我而死。幽冥之中,负此良友。

母亲是谁

司马睿病亡之后,太子司马绍继位,次年(公元 323 年)改元太宁,以王导为辅政大臣。

太宁元年二月,司马睿葬于他自己早已修好的建平陵中(位于今南京市北极阁)。司马绍悲哀至极,葬礼之后久久跪在陵墓前,无论谁来劝说,也不肯离开。

周围众大臣为司马绍的孝心感动不已,亦是哭成一片。

只有司马绍自己知道,他的悲哀并不是因为父亲,而是因为母亲,真正的母亲。

建平陵在安葬司马睿之前,已有一具棺木安放其中。

那棺木中的人是司马绍的嫡母虞孟母,去世已有十余年。

司马睿登上大位之后,立即追封早已去世的虞孟母为皇后,尽管他身边当时已有了十分宠爱的女人郑阿春。

待到建平陵建成,司马睿又以隆重的礼仪将虞孟母安葬其中。

那一天就像此刻,司马绍悲哀不已,在陵前久跪不起。

当时的司马睿却不似今日的众臣那样感动,他甚至心生恨意,想要废了司马绍的太子之位。

知子莫如父,儿子此刻在想什么,在为谁而悲哀,司马睿心里清清楚楚。

"不要想那人,永远也不要想。"回到皇宫后,司马睿立即召见儿子,严厉警告。

"儿臣遵旨。"司马绍无法反抗父亲,甚至不能在声音里透出一丝一毫的不满。

晋国以孝治天下,他作为太子,必须成为天下臣民百姓的榜样,成为世上最孝顺的儿子。

"你的母亲是谁?"司马睿盯着儿子,低沉地问道。

"是敬皇后。"司马绍低声回答道。

虞孟母被追封为皇后之时,司马睿亲书谥号,定为"敬"。

"朕一生之中,最敬的是皇后。朕大行之后,陵中陪同的人只能是皇后。"司马睿的眼中有些潮湿,仿佛想起了战乱中的艰难岁月。

那时候他是一个无法掌握自己命运的远支宗室,随时会被人当作棋子置于死地。在惶恐苦闷中,唯有两个人能给他带来安慰,让他最终在战乱中坚持下来。

一个是他最信任的朋友王导。

一个是他最爱的女人虞孟母。

虞孟母虽是世家出身,但家族已日渐衰落,父亲沉沦下僚,怀才不遇,不过名望甚高,对女儿的教育也十分成功。虞孟母熟读诗书,礼仪庄重,完全符合司马睿想象中的贤妻良母形象。二人情投意合,志趣相同,在一起总有说不完的话。

但虞孟母有一个致命缺陷,身体瘦弱纤细,嫁到王府之后,多年未能生育。

无奈之下,在得到虞孟母同意后,司马睿跟随时尚风气,买了一个姓荀的鲜卑女子为妾。

那时的鲜卑女子有许多肤白如雪,头发金黄,身材极好,高大而又曲线优美。更重要的是鲜卑女子善生育,尤其善生男孩子。

果然,荀氏一来到琅琊王府,就接连给琅琊王司马睿生下了两个男孩子,长子司马绍,次子司马裒(póu)。

而且荀氏那明显的异域风貌让司马睿迷恋不已,几乎忘了虞孟母是谁。司马睿再次去往虞孟母房中时,才发现虞孟母忧思成疾,已是卧床不起。

司马睿悔恨不已,迁怒于荀氏。他先把司马绍兄弟交由虞孟母抚养,不准荀氏与亲生儿子相见。后来又担心他受不了荀氏的美色引诱,干脆一咬牙,竟将荀氏下嫁给王府一个姓马的家奴,然后让那马姓家奴远远离开,以绝后患。

但即使如此,司马睿也没有挽回他深爱的虞孟母。

晋永嘉六年(公元312年),虞孟母病重而亡,时年三十五岁。

司马睿悲伤之中更加痛恨荀氏,严令府中谁也不能提及荀氏,即使是司马绍兄弟也不得例外。

虽然司马睿强行抹杀儿子的记忆,但司马绍那时已满七岁,永远也不会忘记母亲被驱逐的那一天。

那一天北风呼号,大雪满天。

被禁闭在后院的司马绍听着外面传来荀氏撕心裂肺的呼喊声,万分痛苦地捶着面前高高的石墙,双手满是鲜血。

他日夜思念母亲,却不知母亲去往了哪里,更不知母亲即将面临的一切是什么。

虞孟母去世之后,有一阵子司马睿没有接纳任何女人,日日借酒浇愁,醉后常常呼喊虞孟母,有时也呼喊荀氏。

这让司马绍看到了希望——父亲还记得母亲,也许有一天会将母亲带回家。

那一天竟真的来了,父亲忽然将一个女人带回了家,让两个孩子呼喊那女人为母亲。

但那个女人并不是荀氏,而是一个叫郑阿春的寡妇。

其实司马睿最初选中的人并不是郑阿春,而是一位吴姓小姐。

他在建康城威望渐立,地位愈来愈稳固,有许多人开始关心他的独身问题,争先恐后为他介绍众多世家大族中待嫁的少女。

司马睿感觉那位吴家小姐符合他的期望,找了一个借口拜访吴家,上门相亲。

吴家小姐害羞,那天特地找了表姐郑阿春陪同。

结果司马睿一见郑阿春,就把吴家小姐不知忘在了哪里,很快就决定迎娶郑阿春,给予"夫人"的名号。

众人对此困惑不解,明明是那吴家小姐青春年少、容颜更加动人,为什么司马睿偏要选择一个比吴家小姐年长许多的寡妇?何况

那寡妇还给夫家生过孩子,据说品行也不太好,以致被夫家赶了出来,这才被迫投奔舅父吴家。

但司马绍一见到郑阿春,立刻就明白了一切。

郑阿春无论是外貌,还是言语神态,都与死去的虞孟母十分相似。

夫人心事

做梦也没想到自己竟会嫁皇家的郑阿春最初十分高兴,后来却失望至极。

司马睿似乎很宠爱郑阿春,却又不肯给她一个琅琊王妃的名号,只让她做了琅琊王夫人。王府的夫人,就相当于民间富户家的小妾,没什么地位。

不过郑阿春将她的失望掩饰得很好,在司马睿面前充分表现出了她的贤惠和善良,如同亲生母亲一样尽心尽力照顾司马绍兄弟。

司马绍渐渐对郑阿春有了些好感;但心里还是在想,如果父亲身边的这个女人是荀氏就好了。

后来司马睿顺利登上大位,由琅琊王升为大晋皇帝。而此时郑阿春也生下了两个儿子和一个女儿,令司马睿极为满意。

司马绍也在那一年被立为太子。

郑阿春心中又充满了希望,孝顺的司马绍严守父命,一直称呼郑阿春为母亲。

司马绍已经算是我儿子吧。母以子贵,儿子做了太子,母亲也该做了皇后吧。"

郑阿春热切地想着,盼着皇帝尽快降下册立皇后的圣旨。

然而皇帝所立的皇后,却是许多年前的一个死人。

郑阿春万万没有想到,她一个大活人竟会被死人牢牢压住。

皇帝别说让她做了皇后,就是一个妃子、婕妤什么的尊号也没有给她。她的名号依然是夫人,而在皇帝后宫中,夫人的名号仅仅比宫女强那么一点点。

郁闷至极的郑阿春并未因此在皇帝面前有任何不满的表现,只是在她的生日宴席上"不小心"露出了忧愁的面容。

"夫人好像有心事?"司马睿带着戒备之意问道。

"臣妾只有三个妹妹,只有最大的一个妹妹嫁出去了,还有两个妹妹早已过了出嫁的年岁,却怎么也嫁不出去。臣妾不免为此忧愁。"郑阿春小心翼翼地说道。

"奇怪,你妹妹现在都是皇亲了,怎么会嫁不出去?"

"臣妾不敢说。"

"无妨,不管夫人说什么,朕也不会以此加罪于夫人。"

"外面有许多无知之人说臣妾没什么名分,不被皇上看重。还说有个叫王褒的世家子弟娶了郑家女儿,到如今也没得到一个像样的官儿。因此只有傻子,才会去娶郑家待嫁的女儿。"

"哈哈哈,原来是这等小事,夫人何须忧愁。"

司马睿大笑着,一挥手,让亲信太监招来他此刻最信任的大臣刘隗,当着郑阿春的面,命他立即给王褒一个大有前途的官职,并速速将郑阿春的两个妹妹嫁给才貌双全的世家子弟。

刘隗自是立刻照办,先让王褒做了很容易升官的尚书郎;然后迅速找来两个世家子弟,其中一个甚至是刘隗十分看重的亲侄,令他们备下厚礼上门迎娶郑家的待嫁女儿。

郑阿春感激涕零,心中却是冰凉。

皇帝看上去是真的宠爱她,可以为她做任何事情。然而对她鼓足勇气说出的言外之意,却偏偏听不明白。

臣妾想做皇后啊。就算做不了皇后,做一个妃子也行啊。郑阿春万分不甘地在心中说着,也只能在心中说着。

然而皇帝直到驾崩,也没有让他宠爱的女人满足心愿。

母子重逢

母亲一定想永远和父亲在一起,朕必须让母亲的心愿实现,必须!可是母亲在哪里?是否还活在世上?

夕阳已是西沉,心情激荡的皇帝司马绍仍跪在父亲的陵墓前。

辅政大臣王导走了过来,以长辈的名义扶起了谁也扶不起来的司马绍。

"王公……"司马绍哽咽着,心中有千言万语,此刻却什么也说不出来。

在很小的时候,司马绍就盼着王导能够天天出现在琅琊王府中。

那时候的司马睿消沉苦闷,虽然在虞孟母面前还能强作笑颜,但一走出虞孟母居住的内院,就完全变成了另外一副面孔:十分狰狞可怕,常常因为一些细微的过失打骂家奴,有时甚至因此迁怒司马绍兄弟,当众加以惩罚。

但只要王导一来,就会改变一切,司马睿所有的烦恼和忧愁,就似阳光下的残雪一样瞬间化为乌有。

这时候无论是在儿子面前,还是在家奴面前,司马睿又变成了另外一个人:宽厚仁慈,大度豁达,令人一望如沐春风。

司马绍渐渐长大成人的岁月,正是王导竭尽全力,扶持司马睿从镇守一方的开府将军到最终登上皇帝大位的艰难时期。

亲身的经历让司马绍比父亲更加敬重和信任王导;何况在关键时刻,王导还阻止了司马睿废黜长子的企图。

随着身体的发育,司马绍愈来愈像母亲,肌肤白皙,身材高大,头发、眉毛、胡须都是黄色,就如同胡人一般。

而次子司马裒则更像父亲,无论肤色、须发,还是身材,都极似年少时的司马睿。

司马睿看见次子心中十分愉悦,而看见长子,心中就很不舒服——难道我堂堂大晋将来的皇帝,竟是一个胡人模样吗?

司马睿忍不住将他的想法告诉了王导,立刻遭到了王导的坚决反对——立嫡以长,合于礼法。太子至孝,品德高尚,且文武全才,极是难得。储位至重,关乎社稷存亡,怎么可以仅仅以外貌来定夺呢?

司马睿仔细想了一想,不得不承认,次子虽然很像他,但身体瘦弱,才智平平。在这个乱世之中,他若选择次子为太子,就像是选择自杀一般。

"陛下已恪尽孝心,可以去见该见的人了。"王导扶着年轻的皇帝,轻声说道。

"王公……王公……"司马绍心中陡然大跳起来。

"微臣找到了陛下思念的人,已将她安置妥当。此刻陛下不在宫中,正好可以与她相见。"王导平静地说道,仿佛他只是在说着一件很平常的小事。

"谢……谢王公。"若不是王导紧紧扶住,司马绍已倒地跪拜。

皇帝初登大位,就将他的心事告诉了王导。

他思念母亲。无论母亲是否还在人世,他也一定要找到母亲。

长大之后,司马绍才明白,父亲为什么要将母亲嫁给一个家奴。

皇族和家奴之间的距离,就像天和地一样遥不可及。

这样,儿子将来就算有心迎回母来,也没有办法挣脱世俗礼法的束缚,竟敢将一个家奴之妻置于皇族的宗庙高堂。

司马绍知道他将会面临什么,因此特别需要王导的支持。

王导知道皇帝的心事之后,当时似是有些困惑,却也没有多说什么,以至于司马绍心中甚是不安,怀疑王导这是在无声拒绝。

但此刻他欣喜若狂——王导对皇帝无视礼法的举动不仅没有尽臣下之责,苦苦劝止;反倒在无声无息之间,以迅速的行动帮助皇帝实现心愿。

天上乌云忽至,淅淅沥沥下起雨来。

司马绍在王导的指引下,进入建康城秦淮河畔一条深深的小巷中。

小巷中几乎所有的门户都是一片漆黑,无人也无声。

只有一家门户大开,透出昏黄的烛光,在小巷的石板路上泛起一片幽光。

走到那大开的门户旁,王导和众亲信随从停下了脚步。

唯有司马绍脚步不停,走入门中。

司马绍刚走入门内,就陡然停下来。

隔着庭院,司马绍看到面前的堂舍正中,铺着一方竹席,其上坐着一个中年妇人,一支蜡烛放在妇人身旁的案几上,烛光清晰地映照出妇人布满皱纹的苍白容颜。

她就是母亲吗?

司马绍一时愣住了——眼前的妇人与他梦中的母亲反差太大。

梦中的母亲,永远是那么年轻、那么美丽,一言一笑间,尽显母爱的温暖仁慈。

"母亲!"司马绍忽然一声呼喊,泪水顿时滚滚而下。

那一瞬间发愣,已让他明白过来,原来他与母亲的别离,已经过去了十六年;而十六年的风霜,竟把他的母亲折磨成了现在的样子。

妇人听了司马绍的呼喊,全身一颤,眼中竟全是恐惧。

"母亲,我是你的绍儿啊!难道你竟认不出绍儿吗?"司马绍几个大步越过庭院,奔到席前,跪伏下来对妇人行以大礼。

"绍儿,你是绍儿……这一定是在梦中,在梦中……"妇人哽咽着,抬起手,想抚摸司马绍满是泪水的脸颊,可是刚刚抬起手,就猛地停住。

她一眼就认出,眼前的人是她的儿子,离别了十六年的儿子。

十六年前,她曾经朝思暮想绍儿,为此痛不欲生。

但是十六年后,她几乎完全忘记了绍儿,只偶尔会在梦中见到绍儿一次。

十六年间,她又有了孩子,一个又一个,多到她有时会数不清。

只是到了最后,只有两个孩子活了下来,一个儿子,一个女儿。

小户人家在乱世中的日子实在难过,能活下来已是万分不易。

今生她已别无他求,只想一家人能平平安安过下去就好。

可是忽然间有人找上了她,把她安置在这陌生的小巷中,说是当今皇帝要见他的生母;然后还告诉她,皇帝一言可以让人生,一言可以让人死。因此她必须顺从皇帝,皇帝想听见什么样的话,她就必须说什么样的话,皇帝想让她做的事情,就算她极不愿意,也必须去做。

她不相信那些人的话,一定要回到家中。

那些人也不来阻止她,只是说她若不听话,上天会很生气,会降下很不好的结果。

而她一回到家中,就看见了很不好的结果。

一双儿女跪在她面前号啕大哭,说他们的父亲无病无灾,在家里睡着了竟是再也没有醒来。他们一时找不到母亲,只得先报了官。哪知官府来人察看他们的父亲一番后,竟向他们连连道喜,说他们的父亲无疾而终,是天底下最舒服的一种死法,只有在上一辈子做了天大的好事之后,今生才能得到这样的福报。

妇人看见这样的情形,只能强忍心中悲痛,办了丧事之后又来到了小巷里。

"不,不是梦。儿子不孝,这么多年,竟只能……只能让母亲流落在外。现在……现在儿子终于可以尽孝了,可以让母亲回家了。"司马绍激动之中,哽咽不止。

家?如今我有家啊,家中还有两个孩子……

妇人的眼中满是泪水,心里的那句话怎么也说不出来。

"母亲,儿子这一次决不会让你离开家,也没有任何人敢让你离开家。今天你就回家吧。如今你已经有了孙儿,就让他们在你身边,好不好?"司马绍终于止住了泪水,孩子般兴奋地笑道。

"好,好。"妇人的眼泪滚滚而下。

她知道,她又要离开自己的孩子,而这一次离开,永远也不能回去。

与母亲的重逢,极大地振奋了司马绍的心志——他要做这个世界上最好的皇帝,让母亲永远为他骄傲。

次日,司马绍连下两道诏令。

迎生母荀氏于内宫,封为建安君,礼仪等同皇太妃。

拜王导为太保,兼领司徒。

太保为三公之位,王导终于追上了老祖宗王祥的官职,一时荣耀无比。

从此,琅琊王氏成为晋国立都建康城之后公认的第一世家大族。

东床佳婿

朱雀桥边花开花落,紫燕来了又去。

乌衣巷中王家的深院里,一位年轻的客人恭顺地跟随在主人王导后面,向一排厢房走过去。

厢房里十分安静,窗纱透出一个个淡淡的人影。

王导停下脚步,目视窗纱上的人影,淡然一笑:"我王家的少年郎,尽在其中,你可要睁大眼睛,仔细看看。"

客人连忙弯腰施礼,然后才踏上台阶,走进厢房。

过了一会,客人从厢房里走了出来,再次向王导行礼。

"你看好了?"王导问。

"看好了。"客人回答着,腰几乎弯到了地上。

他没有想到,身为朝臣第一人的王导竟会亲自陪着他一个小小的门客,给他的压力实在太大,唯恐说错了一句话。

"那就好。"王导点点头,目送客人远去。

一对紫燕忽地从王导眼前飞过,消失在深院的重重青瓦之后。

"人生天地之间,如白驹过隙,忽然而已。"王导喃喃说道,眼中有些潮湿。

不知不觉间,时光的流逝如此之快,仿佛只是一转眼,他已年过五旬,竟然成了三朝元老。

年轻的皇帝司马绍充满朝气、雄心勃勃,面对再次兵发建康,企图直接掌控朝政的王敦断然反击,亲自指挥各路大军击灭王敦,获得了朝廷自立都建康以来前所未有的大胜,极大提升了朝廷的威信,政令开始通向遥远的边境郡县。

然而天有不测风云,司马绍正与王导等心腹朝臣日夜商议,欲振兴内政,练兵北伐时,突然一病不起,只做了三年皇帝,便已去世,年仅二十七岁。众臣上谥号为明皇帝。

临终前,司马绍拜托王导等心腹朝臣辅佐他的儿子司马衍。

可是司马衍年仅五岁,无法临朝执政。

无奈之下,王导等朝臣只好请年轻的皇太后庾文君垂帘听政。

当初明帝司马绍对王导十分敬重,庾文君夫唱妇随,看上去对王导更加敬重,每次见到王导,都执晚辈之礼。

庾文君垂帘听政之后,依然对王导格外敬重,发下的第一道诏令就是礼敬王导——加始兴郡公、太保王导剑履上殿、入朝不趋、赞拜不名、羽葆鼓吹、班剑二十人威仪。

王导虽对那荣耀至极的威仪再三推辞,坚决不受,但心中还是十分高兴。

这样的威仪表示他已是人臣至极,地位高得不能再高。

但皇太后发出的第二道诏令,却让王导的高兴立刻化为乌有,

倒憋了一口闷气。

拜国舅、中领军庾亮为中书令,与太保王导共辅朝政。

中领军主掌都城各军,而中书令则主掌诏令文书;如果中书令深得皇帝信任,则权势极大,可以通过修改诏令来掌控朝政。

如今太后垂帘听政,就如同皇帝一般,而她竟让自己的兄长做了中书令,且又有辅政的名义,其用心不问可知。

王导预感过不了多久,朝廷中真正的第一人就是庾亮。

这样的情形,王导自然不会容许。他需要有一个人时刻提醒皇太后,眼前大晋内忧未消、外患更烈,离不开威望极高的王导镇守中枢。

从前这个人是王敦。可惜王敦个性刚硬,把自己的私利置于琅玡王氏整体的利益之上,最后闹到不可收拾的地步,几乎把王导陷入绝境之中。

现在这个人是谁呢?

王家子弟众多,但目前还没有一个人能够达到从前王敦的分量。王导只能把目光望向家族之外,最后停在车骑将军,都督青、徐、兖三州诸军事郗(xī)鉴身上。

郗鉴的郡望为高平(今山东菏泽)郗氏,其高祖为汉末御史大夫郗虑,是魏武帝曹操的心腹,家族自此兴盛,名列世家大族之中。

然而郗鉴因父亲早逝,家境困窘,不得不躬耕田垄,自食其力。好在郗鉴家传典籍甚多,又肯努力学习,年少即以博览群书、品德高尚闻名,后被征召入朝,先后官居太子中书舍人、中书侍郎之位。他眼看家族振兴有望,大晋却陷于八王之乱,烽火连天,杀戮遍地。

郗鉴被迫从都城逃回家乡,避居山野之中。

周围众乡邻闻知郗鉴回乡,纷纷前来投奔。

郗鉴将众乡邻组织起来,进入峄山(今山东部城东南)结寨自保。

当时众世家大族纷纷南渡,似郗鉴这样能够坚守在家乡的世家子弟极为罕见。

一时之间,郗鉴名望大起。各处为抵抗匈奴人、羯人和乱兵而组成的义军争先恐后而来,以郗鉴为盟主,众至数万。

镇守建康城的司马睿见此情形,立刻以大都督陕东诸军事的名义拜郗鉴为龙骧将军、兖州刺史。

从此,郗鉴正式成为司马睿的部属,虽然面临强敌,却始终坚守在北方,已是建康政权一道坚固的边境屏障。

司马睿登上皇帝大位后,又给郗鉴官升一级——辅国将军、都督兖州诸军事。

明帝继位之后,与王敦爆发大战,郗鉴奉诏内援,属下以北方流民组成的军队极为勇悍,战力远超诸军,成为击败王敦的主力。明帝因此对郗鉴十分看重,加拜为车骑将军,都督青、徐、兖三州诸军事,并成了受遗诏辅佐年幼皇帝的大臣之一。

王导与郗鉴原本不太相熟,交情一般。但近几年来往密切,无话不谈。前日郗鉴朝拜皇帝之后,曾与送他回往镇守之地广陵城(今江苏扬州)的王导言道,他有一个女儿已到了出嫁的年龄,想派人来看看琅琊王氏众少年子弟。

当时王导神情平静,只略略点了一下头,似乎郗鉴说的只是一件无关紧要的小事情……

夕阳西沉,广陵城笼罩在一片昏黄的暮色中。

从乌衣巷王府回来的年轻客人匆匆走进车骑将军府,来至内院书房中。

车骑将军郗鉴坐在案几前,正凝神看着一卷文书。

案几上已燃亮蜡烛,映照出郗鉴花白的须发。

"拜见舅父大人。"年轻客人走到郗鉴面前,弯腰深施一礼。

原来他不仅是郗家门客,还是自幼在郗鉴身边长大的外甥周翼。郗鉴深为信任,将家事全都交给他管理。

"你见到了哪些王家少年郎?"

"见到了,太保大人将王家的少年郎都招了过来,并暗示郗家想在他们中挑选一个女婿。"

"哦,那些少年郎表现如何?"

"他们在我这个客人面前彬彬有礼,坐有坐相,站有站相,全无轻佻之意,看得出家教极好,不像那些傲慢无礼的世家大族子弟。"

"王家的少年郎看上去都是聪明人啊,知道此刻王家与我郗家联姻极有好处,谁成了我郗家女婿,谁就会得家族的格外关照。所以这一次啊,你只是看到了他们的聪明,没有能看到他们的真性情。"郗鉴摇摇头,有些遗憾。

"这……"周翼欲言又止。

"有什么话,翼儿尽管直言,不必顾虑。"

"其实有一个王家少年郎与众不同。"

"如何不同？"

"那位少年郎明知孩儿为何而来，却袒腹于室内东床上，自顾自吃着胡饼，好像对我郗家挑选女婿毫不在意。"

"哈哈，翼儿为此生气了吧？所以刚才没有说起此人。"

"孩儿知道舅父大人一向看重诚朴之人，不喜欢这等假作清高、故意造作之徒。"

"假作清高、故意造作是大有机心的人才会干出的事情，为的是因此得到好处。而此人在这个时候假作清高、故意造作又能得到什么好处？"

"这……"

"此人率性而为，并无取巧的机心，正是老夫想要的佳婿啊。"

"在这个乱世之中，无机心便不能上进。纵然是王家子弟，只怕也难以做上朝中大臣。若是如此，那也太委屈了阿璇妹妹。"周翼有些急切地说道。

郗家这次与王家联姻的小姐，是郗鉴最疼爱的小女儿郗璇。周翼看着郗璇一点点从幼童成长为聪明可爱的少女，自然对这位表妹的未来格外关心。

"是啊，想在这个乱世有所作为，没有机心必定会吃大亏。若是我儿子，自是要他有机心。可老夫不是在找儿子，而是在寻找一个好女婿啊。璇儿一生的幸福，是老夫最在意的事情。身为王家子弟，纵然没有什么机心，也会得到家族的庇佑，可保一世平安。当此乱

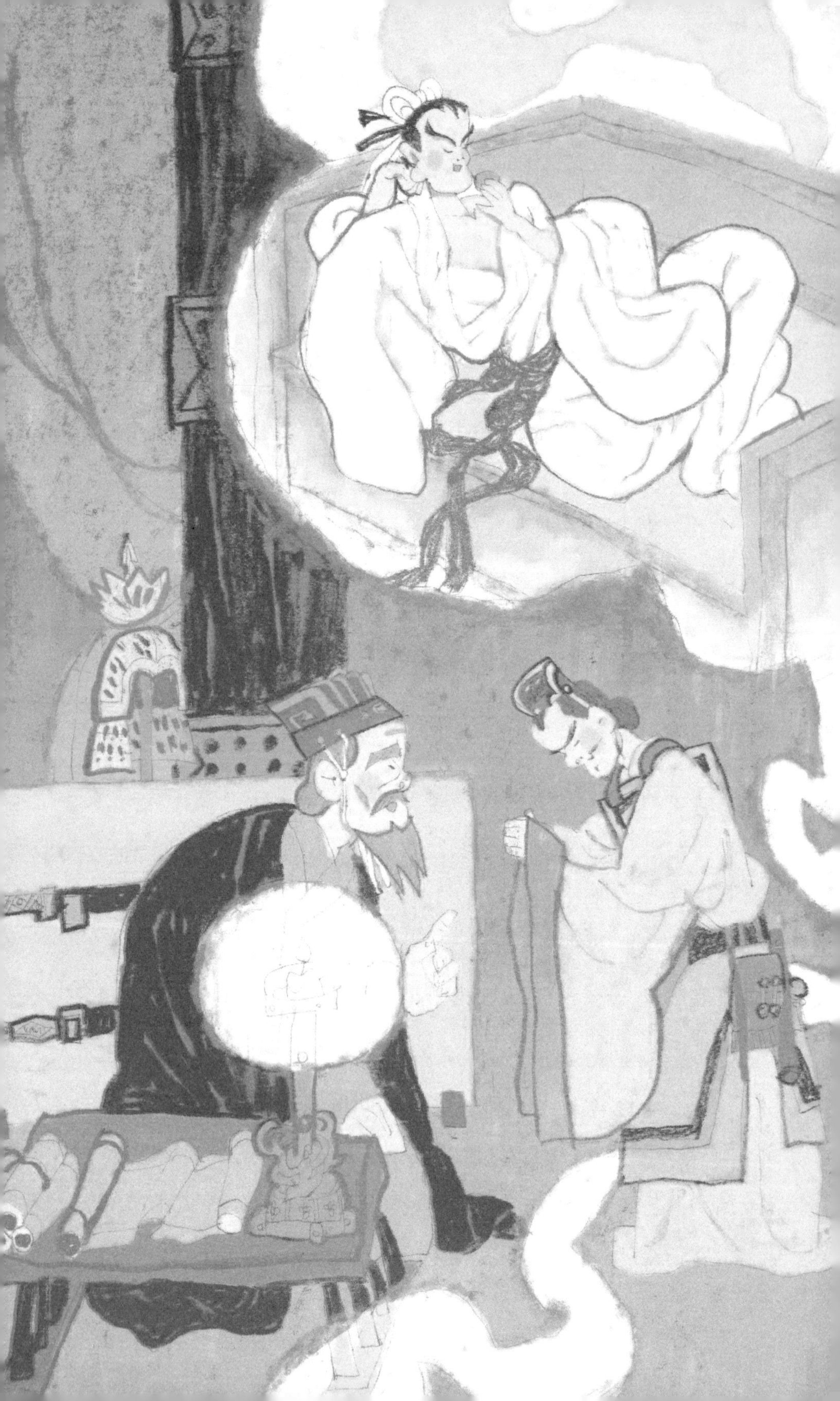

世,平安是福啊。一个有机心的王家子弟,在家族的扶持下很快就会做上朝廷大臣,但也极有可能因此野心膨胀,惹上王敦那样毁家灭族的大祸。到了那时,璇儿休说得到幸福,能够逃脱一条性命,也是千难万难啊。"郗鉴深有感触地说道。

周翼听了,默然无语,似有所悟。

"翼儿,那个坦腹东床的王家小子叫什么?"郗鉴问道。

"那位王家少年叫王羲(xī)之,字逸少,是太保大人堂兄王旷的儿子。"

"那小子相貌如何?"

"应该……应该在中上。"周翼想了一下,回答道。

"如此更好。老夫当立刻修书一封,告诉太保大人,我郗家的女婿就是王羲之那小子,哈哈哈!"郗鉴爽朗的大笑声回荡在书房中,久久不绝。

书圣传说

时光匆匆,又一个上巳节来临。

晨雾尚未完全消散,会稽(今浙江绍兴)城内已是人声沸鼎,男女老幼换了新衣,相携去往城郊,踏青游玩,行"岁时祓禊"之礼。

忽然,人群似受惊的鸟雀一样纷纷向两边避让。

随着轰隆隆的声响,一大队官府车马出现在宽阔的街道上。

人们站在道旁,看着一辆辆撑着华盖的马车驰过。

"一,二,三……三十九,四十,四十一……"一个人好奇地数着,数到四十多还未见到车队的尽头。

"我的个乖乖,这么长的车队真是第一次见到呢!这官府要干什么?怎么弄出这么大的阵势?莫非是要造反?"一个粗壮的中年汉子惊骇地说道。

"如今是太平年月,谁吃多了要造反。这是内史大人(与郡太守相当)会集天下名士,去往城外兰亭畅谈玄言、饮酒赋诗,必将留下一番千古佳话……唉,我真糊涂了,与你这土包子说什么?说了你也听不明白。"一个年轻的读书人手执八角扇,摇头晃脑地说道。

"土包子怎么啦？土包子自己种田养活自己，不像官家的人，什么都不会，就知道要钱要粮。"粗壮汉子愤愤地说道。

"难道你竟不知道，内史大人会写字吗？"一个胖胖的商贩走过来说道。

"会写字怎么啦？那字是能当饭吃，还是能当衣穿？"粗壮汉子从鼻孔哼了一声，不屑地说道。

"你还别说，内史大人的字就是能当饭吃，能做衣穿。看见了吗？那个大伙儿叫山姥的老婆子，又来卖八角扇了。"商贩说话声里，抬手向前一指。

粗壮汉子抬眼望去，见城门旁的空地上，一个白发苍苍的老婆子正蹲守在一张芦席前，席上摆满了八角扇。

"奇怪，天气还没有热，老婆子怎么就来卖扇子了？这卖得出去吗……"粗壮汉子正说着，忽地停下话头。

只见许多人走到那老婆子面前，拿出铜钱争着买八角扇，吵吵闹闹，不亦乐乎。

"哈哈，傻眼了吧。想知道山姥的扇子为什么这么好卖吗？"商贩得意地笑了起来。

粗壮汉子不自觉地点点头。

"这山姥家里有病残之人拖累，日子很难过，她只好做些八角扇卖了勉强度日。只是她的手艺不怎么样，就算在大热天里，也卖不了几把扇子。内史大人初到任上，曾四处暗访、体察民情，知道山姥家中的情形后，就在山姥当日所卖的每一把八角扇上都写了五个字,然后让山姥告诉众人,此扇之字,为琅琊王羲之书写,能够以平日百倍之价卖出。山姥开始还不相信,后来试着一喊,果然众人争着来买八角扇,就算价钱比平日贵了百倍也不在乎。后来山姥的扇子上没有内史大人的字,还是卖得好,即使是这不怎么热的天气,也卖得出去。听说山姥因此很赚了些铜钱,家里的日子也好过多了。"商贩看着不远处的山姥,眼中全是羡慕。

"这般看来,这位叫王羲之的大人,竟是一位好官。"粗壮汉子脸上发红,明显激动起来。

"可惜这样的好官,不多见啊。"商贩感慨地说着,望向高大的城门。

官府车队已消失在城门之外,只留下一片尘雾缓缓飘散。

名士谈玄

会稽城外西南之处,兰渚山下,兰溪之畔。

一道宽约三尺、深不过尺余的水渠自兰溪中引出,弯弯曲曲,顺着山坡绵延六百余步之后,又回到兰溪之中。

水渠和清溪之间,立着一座看上去十分平常的草亭。

十分平常的草亭上有一处十分不平常的地方——高悬的横匾上大书"兰亭"二字。

那二字是略带隶味的楷书,在苍劲中又透出秀逸之气,虽未见落款,然而熟悉当朝书风的人只需一望,就知道那二字是会稽内史王羲之所书。

兰亭周围全是苍翠的松树,树下一丛丛兰花正当盛开之时,芬芳的花香随着柔软的轻风四处飘散,令人闻之欲醉。

松树旁,兰亭畔,三五成群的名士或背着双手,或对眼前的山川溪流指指点点,人人都是意气风发,神采飞扬。

众名士年龄不同,高矮胖瘦不同,唯有衣着装扮却完全相同,俱是头戴白纶(guān)巾,身穿宽袖素白长袍,足套高齿方状木屐,手里握着一柄麈（zhǔ）尾（形状大约为长方形尖头薄扇，可以驱蚊纳凉，柄底又装有长长的马尾，可以拂尘除污）。

表面上看，众名士都是十分随意，无拘无束，沉浸在眼前的美景中，全忘了俗世尘念。但是那些名士无论怎么走动，俱在兰亭前后左右三十步的范围之内。

三十步的距离，既可以让众名士清晰地听见兰亭中的人在说些什么，又可让他们以眼角的余光看见兰亭中的人有什么动作。

兰亭中此刻只有两人——客人谢安，主人王羲之。

这二人在当今名望极盛，俱有天下第一的光环加身。

谢安字安石，为天下第一名士。

王羲之字逸少，为天下第一善书圣手。

"当日愚兄来此兰渚山下，一见此景，即不乐归程。其实所谓会稽内史，不过是兰溪之畔一钓翁耳。"王羲之感慨地说道。他是琅琊王家的子弟,又是高平郗家的女婿,在当世最有权势的两大豪门扶持下,若想进入仕途,入朝为官,易如反掌。

事实上,朝廷也无数次向王羲之发出征召,从最初的秘书郎、征西将军府参军、长史等较小官职,到后来的侍中、吏部尚书、护军将军等极有权势的显要朝臣,结果全都被他坚决推辞。

那时的王羲之沉迷于书法之中,又幸运地遇到了一位极好的老师——他的表姑,出身于河东(今山西夏县)卫氏的卫铄(shuò)。河东卫氏亦为当世一流望族,书学风气极盛,卫铄虽是女儿,却也熟读诗书,并拜当时名气最大的钟繇(yóu)为师学习书法。后因战乱,卫铄丈夫亡故,不得不南渡建康,居住在乌衣巷王家。

那时卫铄的书法已经大成,见过的人都叹息不止,说卫铄若是男儿之身,早已名满天下。王家上下对卫铄极为敬重,俱尊称为卫夫人。王羲之最初对卫夫人并不服气,常在卫夫人面前炫耀他的书法。卫夫人见了只是莞尔一笑,并未说什么。

有一天王羲之观看卫夫人书写时,正值风雨交加,在电闪雷鸣中忽有所悟,一下子看出他与卫夫人的书法虽在表面上各有所长,内在的神韵却天差地远。他顿时惭愧无比,当即跪倒在地,拜卫夫人为师。

卫夫人对王羲之的好学之心十分满意,当即答应倾其所有。从此王羲之日日跟随卫夫人学书,对朝廷的征召更不在意。

渐渐地,王羲之善书之名传遍天下,只字片纸流出,就被人们争

相收藏。

然而王羲之不愿做官的态度,越来越难以被家族容忍,甚至家人也有些怨言。最终,王羲之不得不接受了朝廷征召,出任右军将军、会稽内史。

那一年,王羲之已经四十五岁。

会稽明山秀水,亦是王羲之少年时居住的地方。王羲之公务之余,常与众名士往来谈玄论道、诗书相交,不亦乐乎……

"兰溪之畔,当可垂钓。"谢安微笑着,有意提高声音,好让周围的名士们能够清晰地听见。他知道,今日这场兰亭之会,王羲之其实是为他这位知心至交准备的。

王羲之自己不愿进入朝廷中心,但他对谢安的治国之才、军事谋略钦佩至极,盼望朝廷能够真正重视谢安,给予谢安能够大展抱负的实权官位。

但眼前谢安虽有天下第一名士的称号,朝廷也只是以很平常的官位征召谢安。毕竟在大晋,家世才是最有分量的。谢家在众人眼中只是二三流的世家,远远不能与琅琊王氏相比。

"兰溪可垂钓,渭水可垂钓,富春江亦可垂钓。"一个年约五旬的老年名士紧接着谢安的话说道。

"渭水之钓,岂富春水之钓可以梦见。"一个三十余岁的瘦高名士不服地说道。

"渭水之钓,所钓何物?富春江之钓,又为何物?"一个二十余岁的年轻名士盛气凌人,厉声问道。

兰亭周围顿时热闹起来。众名士你一句我一句地争论起来,到后来每一位名士都会依据老子、庄子等道家经典围绕着垂钓说出一番道理。但众人也不甚在意能否说服对方,更不注重胜败,只求心中之意能够畅快而出。

这样的情形,自曹魏时代以来已成为众名士最为喜欢的交往聚会方式,被世人称为清谈玄言。

王羲之和谢安在亭中相视一笑。

这一次的兰亭谈玄以及随后的活动,必定会引起朝廷方面的关注,也使朝廷不得不重新考虑——究竟该如何任用谢安。

兰亭雅集

名士聚会、谈玄之后，多半会作诗结集，称之为雅集。

而王羲之借上巳节之俗，作诗的方式别出心裁，令在场的众名士更加兴奋。

兰亭外水渠的每一处弯曲地带，都有一块人工劈出的平坦之地，上面铺着细篾竹席，在竹席的中央摆放着一张案几，上置文房四宝。

一队青衣童仆或抱着比陶壶稍大一些的酒坛，或端着乌漆木制托盘，盘中放着大小两种酒具——一为鞋子大小的船形木杯，一为较小的琉璃盏——缓缓从竹林后走出。

众青衣童仆来到水渠上游，先以坛中酒水盛满琉璃盏，然后将盛满了美酒的琉璃盏放进船形木杯里，最后小心翼翼地将船形木杯放进渠水中，顺流漂下。

兰亭外，众名士早已坐在水渠岸边的竹席上，一般二人相对坐于一席。

每一位名士之后，都侍立着一个青衣童仆。

这就是曲水流觞（shāng）吧。

谢安与王羲之同坐一席，看着在渠水中缓缓漂移的船形木杯，不觉想起了曲水流觞的传说。

最初三月三日上巳节之时，并没有曲水流觞。人们过上巳节，只是为了祓除灾气——选择东流之水加以洗涤，以期灾随水去，留下的全是福气。

大晋立国后，有一个大臣对皇帝说，上巳节其实为圣人周公创立，当年周公营建洛邑时，在三月三日建成，众人为庆贺，特地借水渠传递酒杯饮宴，称之为曲水流觞，以此比喻当日营建洛邑时水运巨木之盛事。后来历经战乱，故事失传，百姓们妄加附会，以致上巳节仅仅成了一个祓除灾气的寻常之节。皇帝一统天下，功高可比尧舜，自当恢复上巳节的圣人古礼。

皇帝听了大喜，重赏大臣，亲下诏令，宣布恢复上巳节曲水流觞古礼。为此皇帝甚至亲自监督工匠，制作了许多精美的木制船形酒具，称为神觞。然后在上巳节来临时，皇帝大会朝臣，行曲水流觞古礼，极尽奢华。

从此，天下百姓在上巳节仍是以流水洗身为主，而众世家大族则更重视曲水流觞，以致到了后来，上巳节已完全成为众世家大族炫耀富贵，在郊野大肆饮酒作乐、尽情欢娱的盛典。

但在"八王之乱"后，众世家大族遭受沉重打击，既无心也无力在上巳节大肆铺张，曲水流觞的古礼简朴了许多——不过是游山玩水累了后坐在溪边饮酒解乏而已。

今日王羲之则是将曲水流觞与写诗完全结合起来,规定那流觞来到面前时,必须先饮酒一杯,作诗一首、杯尽之后一炷香内诗不能成,则加罚三杯。

当那船形木杯样子的"觞"来到临渠而坐的名士面前时,一个早有准备的童仆立刻蹲在水边,小心地捞起船形木杯,放在案几上。

两位名士从那船形木杯中取出琉璃盏,一饮而尽,然后铺开案几上的黄藤纸,开始写诗。

另一个青衣童仆在此时燃起线香,插在席旁的陶制小香炉中,并以身体挡住微微吹拂过来的山风,以免那线香燃烧过快,让主人在作诗时间上吃亏。

"安石贤弟,请。"王羲之双手捧着琉璃盏,轻声向对面的同伴说道。

"逸少兄请,请。"谢安这时才发觉,那流觞早已到了身旁,并被青衣童仆端到了案几上。他连忙从那船形木杯中拿起琉璃盏,双手握住回礼。

"安石大才,今日作诗,必为诸公之冠。"王羲之说罢,已是仰首一饮而尽。

"逸少兄在此,小弟岂敢班门弄斧。"谢安笑着,亦是一饮而尽。

说笑声中,王羲之、谢安提笔伏案,开始书写。

王羲之落笔飞快,转眼间笔下就出现了一行行诗句。

谢安行笔缓慢,过了好一会才写下一个字。

众名士大多似谢安这般,书写较慢,只有三五个人如同王羲之一样运笔如飞。

这位老兄其实有些争强好胜,只怕早就打好了腹稿。谢安看着王羲之沉醉在写诗中的神态,不觉微微一笑。

今日他诗思枯竭,罚酒三杯恐怕避免不了。只是他并不为此担心,王羲之为兰亭之会备下的自然是上等佳酿,喝几杯绝不吃亏。

最终除了王羲之等三五人之外,谢安等绝大多数名士不得不罚了三杯又三杯,才勉强把诗作写了出来。

王羲之酒只喝了一杯,但兴奋的神态似喝了百杯一样,除写完一首能顶得上旁人八首的长长五言诗之外,还主动请缨,为此次兰亭雅集而成的诗篇作序。

众人叫好。大伙儿或多或少都收藏有王羲之亲笔所写的书帖,但能够亲眼看到王羲之写字的人,却没有几个。

名士们怀着大饱眼福的兴奋,里三层外三层将王羲之围在中间。

而这样的情形,又令王羲之更加神思飞扬,提笔在手便已至无人之境。

围观的众名士开始的时候还在注意王羲之如何落笔收笔,如何结成字形。但渐渐地,众名士已经看不见具体的字形,不知道王羲之在写什么。

他们只是看见了笔画纵横间升腾而起的强大气势,如滔滔海潮一样把他们的神思席卷其中——

点,高峰坠石。

撇,陆断犀象。

折,百钧弩发。

竖,万岁枯藤。

捺,崩浪雷奔。

……

似游龙从水中跃起,嬉戏于高天白云之间。

如惊鸿穿越星夜明月,翩翩起舞于春花秋苇丛中。

过了许久,许久,又似只是在一瞬间,众名士蓦然如从梦中醒来。

他们仿佛有许多话要说,却偏偏一句话也说不出来。

此时唯有一种感觉回荡在他们心中——

兰亭有幸、流水有幸、青山有幸、修竹有幸,他们也有幸。

有幸在这一刻成为《兰亭序》的背景,千年万年都会被这个世界留存在记忆中。

东山再起

夕阳西下,秋风瑟瑟,一队北来的大雁自晚霞中飞来,又消失在昏茫茫的天际。

会稽境内的纻(zhù)罗山下,浣纱溪中,立着一块方形大石,传说是当年越国美女西施的浣纱之处。

谢安徘徊在大石旁,向溪对岸的一座墓碑望去。

那是他的知交王羲之的葬地。自五年前王羲之去世后,他经常前来此处祭拜。如今他应朝廷征召,即将北上都城建康,临行又一次来到了王羲之墓前。但这次不同往日,他祭拜之后,久久不愿离去,已经走过了浣纱溪,又回头遥望。

"三哥,天都快黑了,可别误了行程。"随行的谢家五弟谢石说道,有些着急。

"不急。"谢安抬头望向一片青山,那里是他常年居住的东山别墅(今浙江上虞西南)。他曾梦想长伴白云明月,终老于东山。

但现在他不得不出山入朝,并且不知此一去是否还能回来。

陈郡(今河南太康)谢氏在南渡世家大族中,最初名望并不显著，只能算是二三流世家，先辈只做过典农中郎将、国子祭酒之类远离朝廷权力中枢的平常官位。

直到谢安的伯父谢鲲出现时，家族的名望才得到极大提升。

谢鲲本人的官位并不高，最终只是做到了豫章（今江西南昌）太守，但他极善谈论玄言，名满天下。而在大晋，善谈玄言可以相对平衡世家地位的差别，谢鲲也因此能够与众多一流世家大族的子弟密切来往，结为好友。

自谢鲲之后，善谈玄言已成为陈郡谢氏的家风。谢鲲之子谢尚，侄儿谢奕、谢安、谢万等后来都以谈玄名望大起，谢安甚至被众人称为当世天下第一名士。

即使谢家的女子，也能够出色地谈论玄言。

晋国对才女十分看重，因此众世家大族十分愿意迎娶谢家女儿。

谢鲲的女儿谢真石嫁给阳翟（今河南禹州市）褚氏，生下一女名为褚蒜子。

后来褚蒜子嫁至皇家，成为司马岳的皇后。司马岳早逝，儿子登上帝位时，不足两岁。众辅政大臣商议一番后，推举褚蒜子以皇太后名义垂帘听政。

此时朝中大权掌控在会稽王、录尚书事司马昱手中。而在朝外，临贺郡公、征西大将军桓温手握重兵，虎踞长江上游，隐隐有威胁朝廷之势。

褚蒜子垂帘听政之后不久，竭力辅佐她的父亲不幸病亡。褚家一时又找不到能够胜任朝政大事的子弟，感受到势孤力单的褚蒜子开始重用舅家陈郡谢氏。谢鲲之子谢尚被拜为安西将军、都督六郡军事、豫州刺史，驻防牛渚（今安徽马鞍山市采石镇），成为镇守一方的大臣，既防备长江上游桓温，又可就近守护建康城。

从此谢家一跃成为当世第一流大族，控制长江中游长达二十余年。

谢家子弟谈玄都是高手，但无论军事、政事都表现平平，没有建立让众人心服口服的功业，方镇大臣之位并不稳固。

二十余年中，谢尚、谢奕俱是病亡在豫州刺史任上；而谢万则是在豫州刺史任上吃了一个大败仗，丧师失地，被废为庶人。

到了此时，谢安已成为家族唯一的希望，再也不可能安居东山。而且他的名望已到极高之处，以至于在朝廷内外流传出一个口头语——

谢安不肯出，将如苍生何？

似乎他若不出山，天下苍生就活不下去。

挟持着这样的名望，谢安若是进入朝廷，必定很快就会继承谢家的方镇大臣之位，成为新的豫州刺史。

但出乎所有人的预料，谢安初次出山，并未入朝，却去往荆州，做了征西大将军桓温的司马，以天下第一名士的身份成为桓温的幕僚。

许多人失望至极，嘲讽谢安"在山为远志，出山为小草"。

谢安对此毫不在意。过了不久，他借为四弟谢万奔丧之名，又回

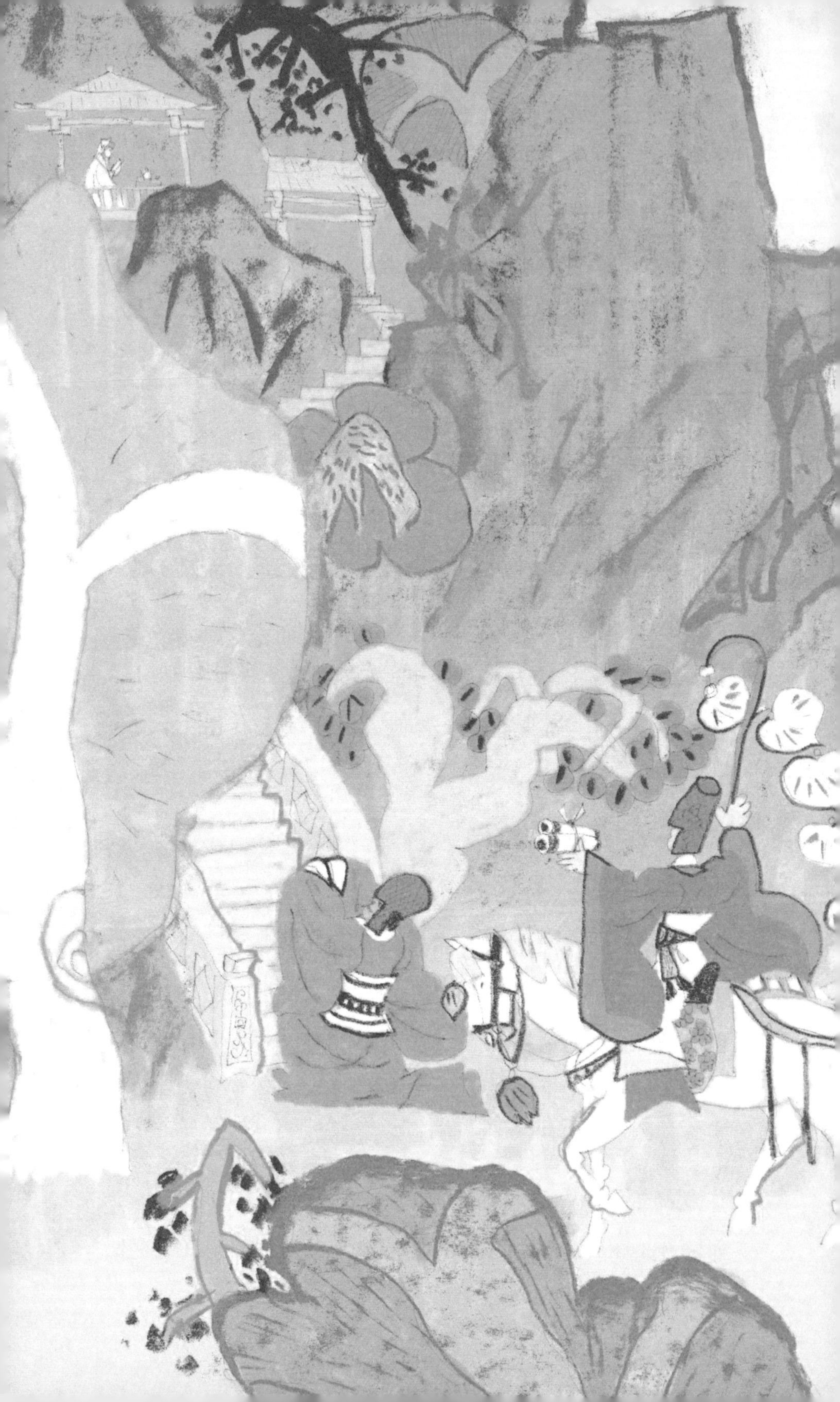

到东山隐居。

而朝廷方面还是如同从前一样,不停地发出诏令,征谢安入朝。

谢安亦是找出种种理由推辞。

如此又过了六七年,朝廷为谢安出山而给出的官位愈来愈高,已到了侍中之位。

谢安终于不再推辞,顺势东山再起,接受了朝廷征召。此时他已四十八岁,年近半百。

侍中名义上官品很高,与执掌朝廷日常政事的尚书令、中书监等地位相等,职责是侍从皇帝左右,随时就军国大事向皇帝提出建议。

如果侍中与皇帝关系很好,建议能够经常被皇帝采纳,则权势极大,甚至超过执政大臣。但侍中若与皇帝关系平平,则无甚权势,只是每日去朝堂坐坐冷席而已。

此时褚蒜子之子司马聃(dān)已去世,因年少无子,由其堂兄司马丕继位。而司马丕也只做了三年皇帝就一病而亡,其弟司马奕接下来做了皇帝,年号太和。

褚蒜子因皇帝成年,早已退居景德殿,尊号为崇德太后,不再过问朝政。

司马奕作为侄子,对崇德太后并没有什么感情,且与谢安也无太深的交情,因此朝中众臣估计,虽然谢安因虚名得到侍中高位,但最终也不过是在朝堂上坐坐冷席。

当谢安初次出山来到建康城,迎接的人挤满了大道,热闹得如

同集市。

然而这一次谢安东山再起,连夜赶到建康城时,除几位密友,再也无人来到,大道上冷冷清清有如荒凉的郊野。

"朝中的这帮狗官,也太势利了吧。"当谢安告别几位密友,与谢石回到乌衣巷的宅院时,谢石仍是愤愤不平。

"好,这正是愚兄想要看到的情形。"谢安心情大好,坐在前堂的木榻上,环望四周。

这是他自幼成长的地方,虽然与东山别墅相比十分狭窄,却让他倍感亲切。

"这样的情形,分明是在告诉天下人,我谢家已到衰弱之时。三哥怎么毫不在意呢?"

"我自己都不在意,桓温会在意吗?"

"桓温?"

"他是谢家最大的敌人,也是朝廷最大的敌人。但是我不能让他知道,谢家会是他最大的敌人。所以我纵然有天下第一名士的虚名,也要成为他的幕僚。"

"原来是这样啊。"谢石若有所思,似乎明白了什么。

桓温入都

谢安进入朝廷后,一切果然如众人所料,皇帝并不如何重视谢安。身为侍中的谢安如同隐形人一般,毫无存在感。

开始的时候还有朝臣不忘讽刺谢安几句,后来却看也懒得看他一眼。因为大晋朝廷遇到了空前的危机,朝中人人惶惶不可终日,无心他顾。

危机来自大将军桓温。

恒温出身于谯国龙亢(今安徽怀远龙亢镇)桓氏,族望较低,虽自称是汉代大儒桓荣之后,也只被看作最低等的世家,即使进入朝廷做一个小官也很难。

好在桓温的父亲桓彝善谈玄言,与当时的名士谢鲲关系极好,因此得到朝廷征召,被拜为中书郎。后来出朝为宣城内史,在叛乱中坚守城池,最终城破被杀。

朝廷平定叛乱后,曾参与杀害恒彝的泾县县令江播并未得到惩罚,平安寿终。当时只有十八岁的桓温愤怒至极,身怀利刃,突然冲入正在办丧事的江府,当场杀死了江播的三个儿子。

桓温为父报仇的壮举震动大江南北,立刻引起了以忠孝教化天下的皇家重视,破例将公主嫁给出身低等世家的桓温,拜桓温为驸马都尉、琅琊太守。

从此,桓温的人生一路向前,官位连升,拜徐州刺史,迁安西将军、荆州刺史、都督荆梁等四州诸军事,领南蛮校尉等。

桓温也格外努力,立下平定巴蜀的大功,被封为临贺郡公,进位征西大将军。

晋国自南渡以来,从未有人立下桓温这般战功。朝廷在对桓温大加封赏的同时,也对桓温生出疑惧之心,并重用琅琊王氏、太原王氏、陈郡谢氏、高平郗氏等世家大族以及皇室诸王,形成对桓温的监控和压制之势。

桓温对此极为不满,更加注重个人实力的发展,渐渐露出取代晋室的野心。

为了一举压倒皇室,桓温经过多年准备,大举向占据黄河以北的慕容鲜卑发动猛攻。

此时慕容鲜卑建国,国号为燕,并模仿晋国制度统治所辖之地,首领大单于也改称大燕国皇帝,正日夜训练军卒,欲南下灭亡晋国,一统天下。

桓温大军北伐,正好遇上燕国的南征先锋大将、爵封吴王的慕容垂。

论治军能力,桓温或许更胜一筹,但论临战决胜的能力,慕容垂明显高于桓温。

两军交战,桓温先是小胜,接着大败,损失极为惨重,丢掉了许多城池。

桓温原本想借着北伐战胜之威震慑朝廷,然后逼迫皇帝禅位于他,重演曹氏代汉、司马氏代魏的故事。

然而桓温大败之下,威望大为降低,许多原来想投靠桓温的世家大族纷纷改变主意,重新站回到朝廷一方。

桓温不觉恼羞成怒,听信谋士郗超之计,诬称皇帝不能生育,后宫却有三个儿子,犯下逆天大罪,竟直接率兵闯入宫中,借崇德太后名义废黜皇帝司马奕,另立年过五旬、已是皇帝祖辈的会稽王司马昱为帝。

虽然废黜当朝皇帝大显了威风,但桓温只是感受到了众朝臣对他的惧怕,而他想得到的崇敬之意却一丝一毫也没有。

这样的感觉令桓温十分不安,无法在建康城待下去,不得不回到了他的镇守之地姑孰(今安徽当涂)城。

司马昱在皇家子弟中喜谈玄言，与谢安关系极好，登上大位之后，立即在谢安的侍中头衔上加以吏部尚书、中护军两个实权官职。

吏部尚书主掌官员选用，中护军主掌都城诸军。有了这两个官职加持，谢安的侍中之位已等同于执政大臣。

事实上，司马昱也明言朝中大小事务可由谢安与王坦之二人处置。

王坦之出身于太原（今山西太原）王氏，亦为当世第一流世家大族。在晋室南渡之前，太原王氏的名望高于琅琊王氏，南渡之后则名望明显低于琅琊王氏，但在朝中仍然高官不断，权势不弱。王坦之出仕之后，做过司马昱的参军等僚属，极得司马昱信任，后又做过桓温的长史，与桓温关系也不错。而且王坦之与谢家又是姻亲——谢万娶了王家女儿，是王坦之的姐夫。

司马昱登上大位之后，拜王坦之为侍中，领左卫将军，与谢安共同执掌朝廷政事。

王坦之虽然是世家子弟，却极重孔、孟儒学，对高谈玄言的名士十分不屑。因此他对谢安也看不顺眼，常常谢安说东，他必然说西，令两人几乎无法合作，只能各自为政。

但在一件事情上，两人却少见地完全一致——

司马昱登上大位后仅仅年余，就病势沉重，眼看就要驾崩。桓温知道后，立即派人告知司马昱，必须在遗诏中明确指定桓温当依周公之例临朝摄政。

传说周公因天子年幼,曾经代行天子之位七年,后世称之为摄政。如今司马昱的太子也正当年幼,不过十岁。如果司马昱答应了桓温的要求,桓温就可以名正言顺地登上朝堂最高处,成为代理皇帝,为接下来夺取天下打下一个极好的基础。

即将死去的司马昱没有对抗桓温的意志,只得屈从桓温的想法。但这遭到了谢安、王坦之的坚决反对,两人果断修改皇帝遗诏,以诸葛亮和王导的先例命桓温辅佐年幼的皇帝执政。

桓温见到修改后的遗诏后大怒欲狂——他竟然从摄政降成了辅佐,而且还从周公降成了诸葛亮和王导。

是可忍孰不可忍!

但这时司马昱已死,十岁的太子司马曜(yào)在灵前即位,一切已不可更改。

朝中顿时议论纷纷,断定桓温必将诛杀谢安、王坦之泄愤。

此时谢安、王坦之出城迎接桓温,就如同自杀一般。

众人猜测谢、王二人多半会以归隐、侍亲等借口辞去官职,逃之夭夭。谢安却从容对众人言道:"晋室存亡,就在此行。"说罢,竟是坦然去往城外。

王坦之心中发慌,正不知所措,见此一咬牙,也跟在了谢安身后。他是以忠君报国为己任的儒家子弟,难道还比不上一个只知谈玄的老庄之徒吗?

桓温将他的帅帐扎在城外新亭,旁临大江,背倚山冈,气势威武。

大帐前的道路两旁,立满魁梧兵卒,手中长刀竖立在阳光下,闪闪烁烁,刺人眼目。

谢安不急不缓,脸不变色,走在光芒闪烁的"刀巷"中,就像走在他居住的乌衣巷中。

王坦之跟在谢安身后,脸色苍白,双腿颤抖,死死咬住牙关,勉强不至于瘫倒在地。

身材高大的桓温坐在帅案后,肃然不动,有如一尊石像。

一阵风吹来,帅案后的帘幕晃动,隐隐透出一排披甲兵卒。

谢安走到帅案前,十分恭敬地行了一礼,笑道:"莫非属下与文度胸有十万精兵,竟使明公帐后置卒,如临大敌一般。"

文度是王坦之的字。此刻听到谢安说起他,王坦之也想说些什么,无奈他的双唇就是无法张开,只勉强对桓温行了一礼。

桓温看看谢安,又看看王坦之。

看到谢安神情恭敬,言语平静,他心里很是舒服,那紧绷的敌意不知不觉间消了许多。但看到王坦之僵硬的神情,连一句话也不说,心中杀意大起。

"安石胸中,可藏精兵十万。如今朝廷新皇初立,情势不明,老夫不得不防。不过安石大可放心,老夫所防的人,可不是你啊。"桓温以字称呼谢安,又看了王坦之一眼。

啊,大将军想杀的人,只是我吗?

王坦之心头狂跳,额上透出豆大的汗珠。

"明公既已入都,自当主持朝廷大计,这样属下也不至于手足无措,做错了事情。"谢安又拱手行了一礼,说道。

王坦之仍是紧咬牙关站着,一声不吭。

"老夫来此,只是为了给先帝送行,礼毕之后自当回镇。你等既然知道错了,老夫也不再追究过往。不过一错尚可,再错就是逆了天意啊。"桓温缓缓说道,言语中杀气腾腾,心底里却全是无奈。

如今朝廷方面能与他直接抗衡的人物,也只有谢安、王坦之二人,若是这二人连与他见面都不敢,他自然会顺势杀入都城,自立做了周公。

但现在看来,谢、王二人既然敢与他面对,必然早有准备。他公然率兵杀入都城,定会引起众世家大族的激烈抗拒。

虽然他此刻重兵在握,大占优势,但众世家大族各自的力量整合起来,也不可小视,桓温并无必胜信心。

也许他暂不动兵,以兵势一步步压服朝廷,最终不战而胜,才是最好的结果。

大秦天王

长安城王宫深处，初秋的凉风一阵阵拂过内殿的纱帘，发出细雨般的沙啦啦声响。

已近午夜，内殿中依然是烛火通明，亮如白昼。

大秦天王苻(fú)坚高坐正中的御床上，正在读着一封密信。

他最信任的五个人坐在御床前的铺锦竹席上，神情凝重。

那五个人依次为太子苻宏，清河郡侯、丞相、都督中外诸军事、中书监、尚书令、太子太傅王猛；阳平郡公、侍中、中军将军、司隶校尉苻融；冠军将军、宾都侯、京兆尹慕容垂；益都侯、扬武将军、步兵校尉姚苌。

"哈哈哈！哈哈哈！"苻坚看完书信，仰天大笑起来。

"陛下，莫非前方有大捷传来？"苻宏兴奋地问道。

今日苻坚忽然将众人召至内殿，说前方即将有密信传来，事关重大，需要君臣之间仔细商议，尽快做出决断。

此时大秦已平定北方，国势强盛，面临的大敌唯有占据南方的晋国。苻坚所说的前方，自然是大秦与晋国兵锋相接之处。

"不是大捷,却胜似大捷。"苻坚说罢,将密信交给苻宏等人传看。

"好,好消息,大大的好消息!原来是桓温那贼死了。此人一死,晋国还有谁能成为我大秦对手?陛下天兵一发,江南君臣必是拱手归降。哈哈哈!"苻宏看了密信,也是仰天大笑,与父亲的神态一模一样。

王猛看了,却眉头紧皱,一言不发。

苻融看了,先是欣喜若狂,但在看了看王猛之后,又是一副若有所思的神情。

慕容垂和姚苌看了,俱是俯伏在地,叩首大呼陛下万岁万万岁。

"是啊,桓温一死,江南可谓无人矣!"苻坚终于从狂喜中平静下来,感慨地说道。

自晋国"八王之乱"后,中原烽火连天,狼烟四起,匈奴、羯、鲜卑、羌、氐五大部族在中原之地激烈争斗,你方唱罢我登场。最初匈奴大占优势,直接摧毁了晋国两处都城洛阳、长安,生擒了大晋两位皇帝。但很快匈奴就亡于内部争权,被羯人取代。然而羯人没过多久就被推翻。羌人在中原无法立足,被迫西进与氐人在关中决战,结果遭遇惨败,羌部大单于姚襄被氐人大将苻黄眉当场斩于阵前。到了晋国永和八年(公元352年),包括关中在内的北方大地最终被苻氏氐人和慕容氏鲜卑占据。苻氏立都长安,建国号为大秦;慕容氏立都蓟城,建国号为大燕。

大秦、大燕,加上退居建康城的大晋,相互对峙近二十年,一时谁也灭不了谁,仿佛魏、蜀、吴三国重现。

就在世人以为三国鼎足而立的情形会长久持续下去时,风云突变。

大燕国内忽生祸乱——头号大将、吴王慕容垂受到上庸王慕容评陷害,被迫逃亡到敌国大秦,引起国内人心惶惶,上下不安。

大秦天王苻坚大喜,立刻拜其心腹大臣司徒、太子太傅、尚书令王猛为主帅,领精兵六万,向大燕国发动猛烈进攻。

大燕国皇帝慕容暐（wěi）拜慕容评为主帅,领精兵三十万迎敌。

王猛面对五倍于己之强敌,毫不畏惧,率将士奋勇冲杀,一举击溃慕容评;然后猛追残敌,一路攻城破关,席卷千里,不到三个月,竟然灭亡燕国,生擒大燕国皇帝慕容暐。

此时正当大晋太和五年（公元370年）。大秦和大燕的恶战,本来给了大晋趁势北伐的极好机会,但是统率重兵的桓温忙于内斗,一心要废黜当朝皇帝,借此立威,竟白白放过了千载难逢的大好时机。

如此顺利灭亡强敌大燕,苻坚欣喜若狂,一边重赏立下大功的王猛,封其为郡侯,拜为丞相,使其成为大秦朝廷一人之下、万人之上的第一重臣,一边举行祭天大礼,感谢上天降下福运,誓言一统天下后,以九州贡物敬献上天。

就在苻坚积极训练兵卒、积累军资,准备像灭亡大燕一样以摧枯拉朽之势灭亡大晋时,前方又锦上添花般给他送来了大好消息。

"陛下,此时南朝无帅,正是南征大好时机。微臣愿为先锋,拼死力战,以报陛下庇佑之恩!"慕容垂神情激动,再次叩首说道。

"陛下,末将愿为阵前小校,拼死冲锋,效犬马之劳。"姚苌脸色红涨,以头叩地,砰砰有声。

"好,好……"苻坚正想赞扬慕容垂、姚苌一番,却看见王猛脸色如铁,不觉停下话头,眼中全是困惑。

"丞相,难道这不是好消息吗?"苻坚忍不住问道。

"这是最坏的消息。"

"啊,丞相为何如此言说?"

"陛下仔细看过密信吗?"

"这个……朕当然仔细看过。"

"那桓温因何而死?"

"据密信上说,桓温向朝廷请求'九锡'之礼。而此礼是周公那样的圣人才能得到的礼仪。行过九锡之礼,桓温就可以名正言顺地以周公名义掌控晋国朝政。但执政大臣谢安表面上答应桓温,却借口修改九锡诏书,反复拖延,几个月过去还未修改好一封诏书,以致桓温竟被活活气死……"苻坚说着,好像忽然间明白了什么,再也说不下去。

"桓温权势之大,已可以废立皇帝,为何竟被那谢安气死?"王猛问道。

苻坚一时无法回答。

"这说明那谢安深得晋国朝廷上下支持,即使桓温也对他不敢

轻举妄动。"苻融想了一下，说道。

"桓温虽能征善哉，但不得晋国上下之心，如同一支孤箭。而孤箭易折，我大秦对付他并不难。反而谢安虽是一介文臣，名望在晋国却是极高，能够把晋国众多孤箭捆绑在一起。对付这样情形下的晋国，我大秦已无必胜把握。"王猛说着，冷冷扫视了慕容垂和姚苌一眼。

慕容垂和姚苌慌忙低下头去，不敢与王猛对视。

对于他们来说，苻坚最好能立刻下旨南征。

这样若是胜了，他们自然会加官晋爵，大有好处。苻坚若是败了，其实更好，他们就可以趁机率领部众反叛，自立为王。

"如此说来，我大秦并不能立刻南征。"苻坚万分不甘地说道。

但是他又十分明白，无论治国还是征战，王猛的眼光和谋略都远远高于他。没有王猛的支持，他恐怕无法完成南征大事。

"绝对不能。"王猛掷地有声地说道。此时此刻，他必须以坚决的态度打断苻坚的幻想。

山庄客人

秋高气爽,万里无云。

建康城郊外的一座山庄厅堂中,主人谢安正与一位客人相对坐于榻上,以黑白子对弈。客人四十岁上下,姓郗名超,官居散骑常侍,此刻手中掂着一枚黑子,久久不能落下。

谢安手摇麈尾,微笑不语。

"输了终究是输了,纵然万般不甘心,也无可奈何。"郗超放下黑子,有些沉重地摇了摇头。

"如此说来,嘉宾是真的不愿为朝廷效力了。"谢安以字称呼郗超,神情没有丝毫变化,心中却全是无奈。

郗超是桓温手下的第一谋士,智计过人。谢安很想将郗超召入朝廷,但无论谢安给出什么官职,郗超也不肯接受。

"在下只是不愿为仆射大人效力而已。"郗超坦然说道。

谢安此时正式的官位是尚书仆射,但又兼领扬州刺史、中书监、录尚书事,实际上已是总揽朝政。

"郗家世代镇守徐、兖、青诸州,如今你父亲以年老之故不愿出镇。你若再次拒绝朝廷,只怕郗家就要失去镇守之地。"谢安说道。

"失去就失去,郗家如今并无能够担当守土抗敌的大将之才,强自镇守,只怕误了大事。"

"嘉宾善识人才,可知当今有何人可称大将之才?"

"在下知道有一人堪称大将之才,足可镇守徐、兖、青诸州。"

"何人?"

"谢玄。"

"什么?"谢安大感意外,难以置信地看着郗超。

"在下不喜欢仆射大人,更不喜欢仆射大人的侄儿谢玄。可是在下曾与谢玄在大将军身旁共事,其人的谋略和智计比在下更强,而其武勇和胆识更是远远胜过在下。所以在下当年劝大将军诛杀仆射大人时,曾反复提醒大将军,一定要同时杀掉谢玄。"郗超苦笑了一下,说道。

当初无论他怎么苦苦相劝,桓温就是不肯听从他诛杀谢安叔侄的奇计。

"多谢嘉宾。当初你若不献上那道诛杀老夫叔侄的奇计,大将军说不定就真对老夫叔侄动了杀心。"谢安看似很轻松地笑了一下。

"也许真是这样吧。过几日在下就会退居广陵旧宅,混吃等死。在这之前,在下当向朝廷举荐谢玄为江北之地镇守大将。"郗超说着,起身弯腰施礼告退,但只退后两步,又走了回来。

"有一件事,在下想告诉仆射大人。"

"还请嘉宾指教。"

"当初在大将军那里,在下曾在伪秦朝廷中安插有细作。前几日那细作送来蜡丸密书,告诉了一些外人不知的伪秦秘事,其中有一件事与我大晋有关。"

"何事?"

"去年伪秦丞相王猛病危临终之时,伪秦之主苻坚前去探望。王猛留下遗言,说我大晋如今虽是避居吴越之地,但承袭中华正统,有天命庇佑;且朝廷上下同心,政通人和,不可轻易征伐。鲜卑、羌人,实为心腹之患,必须逐渐除灭。"郗超有些艰难地说道。

他其实并不想对谢安说出这番话,王猛的临终遗言,苻坚自然会听从,只怕谢安执政到死,也不会受到强敌来犯。这运气实在是太好了。

"多谢嘉宾。"谢安拱手送客,心头突然似压了一块巨石——

苻坚自登位以来,处处顺利,其人本就十分好胜,如今只怕更为骄狂。王猛的话,他必然不肯听从。大晋必须为此早做准备,迎接大战。

初试锋芒

广陵城郊的军营中尘土飞扬,旌旗翻卷如云,一阵阵的鼓声惊雷般从天空上轰隆隆滚过。

大晋建武将军、兖州刺史、领广陵相、都督江北诸军事谢玄全副戎装,手执红色三角令旗,站立在高高的演兵场点将台上,不停地挥动令旗。

点将台左侧,十名魁梧兵卒手执大旗。

点将台右侧,十名强壮兵卒手握木槌,立在十面牛皮大鼓前。

另有十名兵卒手持铜钲(zhēng),立在谢玄身后。

谢玄已年过三十,但容貌俊朗、英气勃发,看上去似二十出头的少年一般。

大晋尚书仆射谢石坐在点将台侧后的木榻上,仔细观察演兵场上的情形。

此时谢安已被解除尚书仆射一职,升为司徒,仍兼领扬州刺史、中书监、录尚书事,都督徐、兖、青、扬、豫五州诸军事。

谢石看到,随着谢玄不停地挥动三角令旗,那十面大旗也一齐挥动。这样,就算是演兵场极远处的兵卒,也能将大旗的摆动方向看得清清楚楚,并随着大旗的摆动不停地改变队列方向,模拟战场上纵横合击的阵势。

当需要战阵攻击时,谢玄的令旗就会指向十面大鼓。

鼓声立刻雷鸣般轰轰响起。

演兵场上的众兵卒顿时怒吼着向前挺进。

而需要战阵后退时,谢玄的令旗则会指向十个手持铜钲的兵卒。

当当当的铜钲声立刻响起,似疾雨落下。

演兵场上的众兵卒迅速停止前进,以弓箭交替掩护后退。

"好!"谢石忍不住大赞了一声。

演兵场极大,兵卒也极多,足有上万。但令行禁止,就如同是一个人在演练。

"五叔见笑了。"谢玄放下令旗,先是拱手向谢石施礼,然后向点将台下招了招手。

四位身披铁甲的大将走上点将台,向谢石行以军礼。

谢石忙从榻上站起,抬手示意众将免礼。

四位大将他全都认识。

那位面色紫红如赤铜、浓眉大眼、络腮胡须根根奓(zhà)开的大将名为刘牢之,为谢玄帐下参军。

那位面色白净、身材修长,看上去似是书生模样、两眼却放射出猛虎光芒的大将名为何谦,亦是谢玄帐下参军。

那位年仅二十岁的少年大将谢石再熟悉不过,乃是他的侄儿、谢安的次子谢琰(yǎn),官居散骑常侍,受父亲之命,前来军中历练。

最后那位浑身散发儒雅气息的中年大将是谢安旧交,名为桓伊,善音乐,吹笛无人能及。但他更擅长的事情是领军征战,此刻已被朝廷拜为建威将军。

"今日见到幼度练兵大成,我也就放下了心,可以回禀司徒大人了。不过听说伪秦之主苻坚已发大兵南侵,幼度千万小心。"谢石以字称呼谢玄,仔细叮嘱道。

"五叔放心,小侄帐下之兵,俱为北府(晋人称位于江北的徐、兖、青诸州为北府)勇士,大多为流民后裔,能耐苦劳,惯于征战。那苻坚若胆敢南侵,管教他来一个灭一个,来两个灭一双。"谢玄紧握双手,充满信心地说道。

太元四年(公元379年)二月,大秦天王苻坚以其子长乐公苻丕为主帅,苟苌、慕容垂、姚苌为大将,领兵南征,攻占大晋重镇襄阳,生擒大晋南中郎将、襄阳太守朱序。

紧接着,苻坚又令其兖州刺史彭超为主帅,后将军俱难、右将军毛当为副帅,领大将邵保、毛盛、韦钟、都颜率步骑六万余,猛攻大晋江北诸城,连战连捷,进而包围了离广陵城仅为百里的军事重镇三阿(今江苏宝应)城。大晋上下震动,都城戒严。

谢安以都督徐、兖、青、扬、豫五州诸军事的名义命建武将军自广陵城西出,横击来犯之敌。

谢玄领命率水陆三万解三阿之围，大败秦军，阵斩其大将都颜。

彭超、俱难、毛当都是悍勇猛将，却不料敌军竟是如此强横，虽然兵马多出敌军一倍，也抵挡不住，只得连连后退。

谢玄趁势猛追，连续击败秦军，收复江北诸城，又斩其大将邵保。

彭超、俱难、毛当等仅率少数残兵逃出战场，几乎在大秦极为强盛之时打了一个前所未有的大败仗。

苻坚愤怒至极，下诏逮捕彭超，解往长安依军法处置。

结果彭超在被押解途中畏罪自杀，俱难则被解除一切官职，废为庶民。

大晋则论功行赏，加谢安卫将军、仪同三司，爵封建昌县公。

谢玄则进号冠军将军，以兖州刺史兼领徐州刺史，爵封东兴县侯。

参战的刘牢之、何谦等人也都受到重赏，获得将军称号。

三阿大战，北府兵初试锋芒，就表现出强大的战力，极大地鼓舞了大晋朝廷上下的士气，面对强盛的大秦毫无畏惧。

投鞭断流

八月的关中大地草叶渐黄,秋风瑟瑟。

长安城大秦内宫正殿上,众文武大臣齐集,正商议南征之事。

苻坚高坐御床之上,眉头微皱。

四年前的南征大败让苻坚耿耿于怀,仿佛咽喉中卡着一根鱼刺,不拔出来心中无法得到安宁。

此时的大秦优势极为明显,若与魏、蜀、吴三国之时相比,大秦此时已拥有魏蜀两国的土地人口,就连中原久未征服的西域诸国,也纷纷向大秦称臣纳贡,敬献良马。

而晋国仅有当初吴国之地,论国势远远不如大秦。

苻坚雄心勃发,开始大肆搜检国中户口,抽青壮男子为兵,共抽得步卒六十余万、骑卒二十七万,准备南征。但他召集大臣议论此事时,众人竟久久不发一言。

最后终究是苻坚忍耐不住,开口道:"朕得天命,登上大位已有二十余年。幸得祖宗庇佑,已征服四夷,平定中原,唯有伪晋窃踞东南一隅,未能王化。朕思天下不能一统,百姓不得安享太平盛世,心中忧思,寝食难安,今欲起大兵百万,亲征江南。不知诸位爱卿意下如何?"说罢,苻坚特地向心腹大臣、秘书监朱肜扫了一眼。

朱肜乌须白面,神态庄重,令人一见,就会认为是一个堂堂君子,满怀正义。

"陛下南征,乃是顺天应时,恭行天罚,长啸一声足可让五岳崩塌,呼吸之间就可令江海断流。若亲率雄师百万南征,必定是有征无战。那南边的小儿伪皇闻听百万天兵降临,早已吓得肝胆俱裂,自当哀哭求饶。至于那谢安不过是一清谈书生,知甚军国大事?最多会浮海逃亡,陛下遣一猛将追之,杀其不过如屠狗一般。然后陛下赐中原流民回乡,封禅泰山,告慰天帝,此等丰功伟绩,自有文字以来从未出现。唯陛下这等千古一帝才能为之。陛下万岁万岁万万岁!"朱肜声如铜钟,义正词严地说罢,伏地向苻坚行以大礼。

"哈哈哈,爱卿所言,就是朕的志向啊。哈哈哈!爱卿请起,爱卿请起。"苻坚大喜,竟是亲下御床,上前扶起朱肜。

然而苻坚坐回御床,环视众臣时,见众臣依然沉默不语,再无第二个朱肜出现。

"仆射大人意下如何?"苻坚无可奈何,望向尚书左仆射权翼。

权翼本为羌部大单于姚襄最信任的谋士,随姚苌投顺苻坚后,又被苻坚重用。其人不仅足智多谋,见识深远,而且直言敢谏,经常在苻坚面前说出旁人不敢说出的言语。

"微臣以为,以有道伐无道,才合于天意。陛下圣贤可比尧舜,自是有道之君;但晋国之主并非无道之君,没听说做过任何丧德恶

事。当年殷纣无道,武王曾对追随他的八百诸侯说,纣虽无道,国中尚有三位仁者,不可征伐。后来三位仁者被殷纣或杀或逐,全都失去,武王这才会合八百诸侯,牧野奋戈,一战而定天下。如今晋国不仅没有失道,且谢安足可称为仁者,自执政以来从未杀过一人,千古罕见。以微臣观之,此刻并非征讨东南之时。孔子曰:'远人不服,修文德以来之。'愿陛下保境安民,勤修德政,培植国力,待东南失道之后,方行征伐之事,必能一战而胜。如此,陛下之功业,虽上古圣贤,亦不可及矣。"权翼神情平静,果然说出了此刻众臣想说、却又不敢说出的话。

苻坚大感扫兴,挥手让众臣退下,只留下他最信任的同母弟苻融。

"今日众臣毫无主张,大多沉默不言。可是博休你也不肯发声,实在让朕失望。"苻坚以字称呼苻融,有些沉重地说道。

他也没有料到,居然有这么多朝臣反对南征,甚至连他最信任的同母弟弟,也不肯当众赞同他的主张。

"陛下难道忘了武侯的临终遗言吗?"苻融眼圈红红,竟有泪光浮现。

武侯是苻坚亲自给王猛书写的谥号,当时苻坚还不满四十岁,却因对王猛的病亡哀伤过度,数日间须发斑白。

"若武侯尚在,见到今日情形,也必定会赞同朕的南征之策。"苻坚陡然仰起头,向殿外望去。

天色已暮,朵朵红云随风一团团卷向东南,如一匹匹奔腾的赤红战马。

"陛下,四年前我大秦已经南征,结果我六万劲卒竟败于谢玄三万新兵。"苻融咬着牙说道。

四年前的大败是苻坚心中的逆鳞,谁若不小心碰到,必定会引发苻坚大怒,甚至惹下杀身大祸。

"四年前的那一仗朕从未忘记,也因此明白,伪晋尚有余力对抗我大秦天兵。所以,朕才举倾国之力发兵百万南征。伪晋就算士卒强横,能够以一敌二,可是他们能征发出五十万大军对抗朕吗?"苻坚并未发怒,看上去竟十分平静。

苻融无言以对,心中全是绝望。

"博休,朕明天将发一道旨意,赐冠军将军慕容垂上等帛五百匹,你知道是为什么吗?"

"臣弟不知。"

"慕容垂告诉朕,天下人庸者居多,有见识的贤者极少。当年晋武帝欲南征孙吴,满朝反对,仅二三贤者支持。如果什么事都想让庸者赞同,人主根本做不成大事。"

"武侯说过,鲜卑、羌人,我大秦之仇敌也,当徐徐除灭之。"

"鲜卑、羌人其国已灭;慕容垂、姚苌乃军中大将,出征屡立战功,岂有天下未定,而自斩大将者。"

"陛下……"

"朕看你也不愿南征。罢了,那朕就拜慕容垂为先锋大将吧……"

"臣弟愿领兵南征。"苻融不等兄长说完,立刻抢过话头。

他无法想象,一旦慕容垂掌控南征大军,会发生什么事情。

"哈哈哈!你我兄弟同心,天下必定归于一统。博休放心,这番南征,我大秦必胜。你想啊,我大秦雄兵足有百万,每个兵卒就算是只把皮鞭投入长江,也足以截断东流之水。哈哈哈……"苻坚心中的郁闷一扫而空,仰天大笑不止。

初战告捷

啪!

一枚白子落在黑子堆中,彻底杀死了黑方一片大龙。原本看上去被黑方重重包围、绝无活路的白方,竟然因此逆转局势转败为胜。

"幼度今日是心有大事,未能尽力,竟让老夫得了一局。幸甚,幸甚。"谢安看上去十分高兴,从棋案旁站起来。

谢玄紧跟着站起,想笑一下,却怎么也笑不出来。

太元八年(公元383年),苻坚发倾国之兵,步卒六十余万,骑卒三十万,号称百万,宣布南征晋国,以阳平郡公、侍中、中书监、都督中外诸军事苻融为征东大将军,领步骑二十五万为先锋,直扑晋国边境重镇寿阳城。苻坚自为主帅,领大军随后跟进。

面对苻坚百万大军南征的疯狂举动,晋国上下自是十分震惊,年轻的皇帝急忙令谢安总揽军政之事,全面负责对抗苻坚。

谢安以谢石为征讨大都督,担当主帅。以谢玄为前锋,率领刘牢之、桓伊、谢琰等大将以及八万精兵北上迎敌。

临行前,谢玄与众人来到郊外谢家别墅中,请示进兵方略。但谢安闭口不谈军事,反倒拉着谢玄坐下以黑白子对弈赌胜负。

谢玄的棋力明显高于谢安,此前与谢安对弈,十战十胜。

然而此时谢玄心不在焉,竟输得一塌糊涂。

"三哥,幼度……"

"所有大事,吾自有安排。天色已晚,大伙儿且喝上几杯,听桓将军一曲销魂。"

谢安不等五弟谢石把话说完,已大袖飘飘,迎风走下早已备好酒宴的客堂。

原来谢大人早有方略,苻坚虽有百万大军,又怎能奈何"一出山则天下苍生安"的谢大人?

众人看见风轻云淡般的谢安,原本有些发慌的心渐渐都平静下来。

入夜,秋风轻拂,谢家别墅外的山间万竿翠竹随风而动,发出波浪般的阵阵呼啸声。谢安、谢玄叔侄站立在竹林旁的一座半山亭中,极目远望。

明月初升,在别墅中铺下一层细雪一样的清冷月光。

"这就是幼度想要的方略。"谢安注视着面前千万竿翠竹说道。此刻他的神情异常凝重,与白日见到的完全不同。

"竹,劲节正直,无所畏惧。竹,迎风取势,并不固执于一端。竹,坚守清白,不因四时转移而变色。"谢玄喃喃说着,若有所思。

秦军先锋大军兵威极盛,很快攻下寿阳城,生擒守将徐元善、王先。晋军大将胡彬领五千水军救援不及，只得退守寿阳东北八公山中的硖（xiá）石城。

谢石、谢玄、刘牢之、桓伊、谢琰率兵八万进至淮河南岸，扎下营寨。

在他们的正面，秦军大将梁成以五万精兵驻守洛涧（今安徽淮南市东），沿涧水设置木栅，挡住晋军北上道路。

退守硖石城的胡彬被追来的秦军包围，情急之下，亲写求援书信向谢石求救，不料信使被秦军截获。苻融闻知，立刻将从信使身上搜出的书信送给驻扎在后方大营的苻坚。

书信上言秦军兵势凶猛，晋军难以抵挡，如果救兵不至，困守硖石城的将士只怕一个也活不下来。

苻坚看了书信大喜，认为晋军已被吓破了胆，定会急于逃脱；秦军必须抓住机会立刻与晋军决战，尽数将晋军歼灭在战场，不留后患。于是苻坚顾不得他的百万大军尚未完全集结，立刻率领八千护卫轻骑来到寿阳城，亲自督战。

苻融赞同兄长尽快与晋军决战，但认为大秦是大国，当尽展大国风范，先礼后兵，此时应该派出使者劝降，不战而屈人之兵。

苻坚同意，派出四年前被俘的原晋国襄阳太守朱序充作劝降使者。

但是苻坚万万没有料到，朱序虽然受到他的重用，却身在大秦心在晋，见了谢石、谢玄等人不仅没有劝降，反倒建议谢石、谢玄等人疾速进兵，速战速决。

朱序言道:"秦军虽众,但军阵绵延千里,今日在此者不过三十余万;且骄傲自大,并无苦战之心。若诸位大人疾速进击,必能大破敌军。"

谢石、谢安等本来想坚守营垒,待敌粮草不继时发兵突袭,但听了朱序之言,仔细分析眼前形势,感觉速战更为有利。于是与朱序约为内应后,立即做好大战准备。

太元八年十一月初,刘牢之领五千前锋精锐,以迅雷不及掩耳之势向秦军的洛涧营垒发动猛攻。秦军守将梁成做梦都没想到处于绝对劣势的晋军竟敢主动攻击,仓促应战之下军阵大溃,梁成被刘牢之斩于马下,五万精兵死伤近两万,其余四散而逃。

洛涧大捷传到建康城中,晋国上下无不欢欣鼓舞,奔走相告——我大晋以一敌十,五千可灭五万,苻坚小儿何足惧哉?

草木皆兵

初战胜利,令前锋主将谢玄信心大增,断然放弃坚固的营垒,全军疾进,直抵敌军大营。晋军驻扎寿阳城外的八公山下,战旗飘扬,漫山遍野。

苻坚、苻融登上寿阳城头,遥望东北方向的八公山。

只见战旗飘荡之处,草木森森,不住地晃动。

"晋军在欺骗世人。你看看山中的那些草木都在动啊,其下分明是伏有军卒。依朕看来,晋军绝不只八万,恐怕有两三个八万吧。"苻坚神情凝重,盯着面前的八公山说道。

此时他的心态与出征时相比,已经有了明显变化。

他发觉世间之事,并不似他预想得那么顺利——

敌国为何如此倔强,见了他的百万大军出征,竟然不肯乖乖投降,承受他的浩荡天恩,还敢派出八万兵卒抵抗?

八万兵卒就妄想与百万大秦天兵对抗,分明是在自杀。

是什么让晋国这般胆大狂妄?他们到底有什么倚仗?

"陛下,那山上草木皆动,是因为有风吹过啊。"苻融有些困惑地说道,发觉眼前的苻坚竟有些陌生——

这还是那位气吞山河,以"投鞭断流"蔑视晋国的大秦天王吗?

"啊,原来是风。看看,朕都被那个废物梁成气糊涂了,竟然认为草木皆兵。"苻坚自嘲地笑了一笑。

"梁成之败,全因他太过大意。据说临战前日,他居然连巡哨兵卒都没有派出。"苻融恨恨地说道。

"兵战凶危,与性命相关,万万不可大意。敌军已至眼前,博休可做好了准备?"苻坚忙问道。

"臣弟早已布置好一切,陛下请看。"苻融抬手向城外的淝水一指。

苻坚凝目看去,但见一队队大秦兵卒步骑相间,列阵于淝水岸边,部伍严整,如同一堵堵人形铁墙傲然挺立,威风凛凛,杀气腾腾。

"好!博休练兵有方,军纪森严。"苻坚大赞一声,接着却又话锋一转,"只是我大秦如此军威严整,晋人若不敢接阵,又当如何?"

"这……"

苻融一时不知如何回答才好。正在苦思,忽有偏将来报——

敌军派来使者,求见陛下。

"快让他过来。"

苻坚大喜,以为敌军终于醒悟,知道弱不胜强,特地派来使者求降。

但晋军使者的一番话,似迎头一棒,砸得苻坚眼冒金星,怒火冲天。

"你等不是要灭我大晋吗？却为何布阵水边，倚仗地利避战？若你等有胆，就请暂且在水边退开，容我大晋兵卒渡河上岸决战。若你等无胆，也可日日在水边布阵，我大晋兵卒陪你们十年八年也无所谓。"

苻坚愤怒之下立刻答应，让苻融亲自指挥，令兵卒在水边退出一箭之地。

虽然感觉有些不妥，但在苻坚的严命下，苻融也没有坚持反对。他立刻下城，骑马奔至阵前，指挥大军后退。

"朕看那谢玄虽有知兵之名，实则愚蠢至极，他竟然不知道半渡遇敌，乃是兵法大忌。朕且让那晋军渡河，待他兵马刚好渡过一半，朕立刻全军进击，必能大胜，哈哈哈！"苻坚大笑着，率领他的八千护卫骑兵去往战阵，准备亲手收割即将到来的大胜。

当！当！当……铜钲敲响退兵的号令。

早已布好阵势、做好恶战准备的秦军兵卒大感困惑，不明白为何要退兵。但在军令之下，也不得不向后退去。

几只晋军战船疾速冲到岸边，刘牢之、何谦、谢琰等晋军大将身先士卒，跳到岸上，立刻弯弓向敌军射去。

"杀贼！杀贼！杀贼……"

刘牢之、何谦、谢琰率领最先冲到岸边的兵卒，一边大呼，一边猛烈向敌军射箭。

秦军严整的队形顿时混乱起来，前队兵卒为躲避射来的羽箭不

由自主地加快脚步后撤,与后队的士卒撞成一团,你挤我推,互相喝呼叫骂,声音鼎沸。

"杀贼!"更多的渡船疾驰而来,就连晋军的前锋大将谢玄,也冲到了岸上。

"后退者斩!后退者斩!快快击鼓进兵!击鼓进兵……"苻融骑在马上,拼命挥动令旗大喝道。

他以为晋军会登上岸,背水列阵之后,与秦军堂堂正正大战一番。却不料晋军一冲到岸上就发动猛攻,立刻打乱了他的布置,待他明白过来,急欲止退转攻时,一切都迟了。

战场晋军狂啸的喊杀声和秦军相互喝骂的嘈杂声响成一锅粥,完全淹没了苻融的传令声。情急之下,苻融被迫亲自持刀砍向身边后退的兵卒。

"啊!"

苻融陡然惨叫起来——

那些被砍的兵卒惊骇中挤成一堆扑向苻融,瞬间连人带马将苻融挤倒。

无数只靴子从苻融身上踏过,竟活活将苻融踩踏而死。

惊骇奔逃的兵卒很快又挤倒了苻融的护旗官。

眼见得紧跟在苻融后边的那面绣着斗大征东二字的帅旗倒了下去……

"败了,我军大败,征东大将军阵亡,大伙儿快逃命……"在军阵稍后的朱序趁机大呼起来。

早已被他安排好的众多心腹兵卒也大呼起来——

"败了！我军大败，大败！征东大将军阵亡，阵亡！大众儿快快逃命……"

无数秦军兵卒跟着大呼，跟着众人向后狂逃。

刹那间，数十万秦军兵卒如同决堤洪水，狂野地呼啸冲击，把他们遇到的一切都席卷而去。

苻坚和他的八千护卫骑兵还没来得及展开队形，就被狂逃的败兵冲得七零八落，就连苻坚本人也被不知从何而来的羽箭射中肩背，几乎摔下马来。幸得左右护卫拼死扶持，挟带着苻坚从乱兵中逃出，他这才侥幸保住性命。

一门四公

初冬时节,黄淮之间荒野草木枯黄,萧索荒凉。

突然,无数只鸟雀飞上了天空,黑沉沉遮住了漫天阳光。

紧接着尘雾大起,哭喊悲号声响成一片,人世间仿佛已沉沦在昏茫茫的地狱之中。

一路狂逃的秦军被恐惧牢牢压住,听到风声,以为晋军追至,听到鹤唳,还以为晋军追来,直到口吐鲜血,再也跑不动了,才扑通摔倒在地。

而那些还能跑动的兵卒,立刻毫不犹豫地从那倒下的同伴身上踏过去……

最终秦军停了下来,收拾残兵,发觉九十余万征南大军,存留下来的不到十万,十成中竟损失了九成。

如此惨败,令苻坚悲痛欲绝、悔恨万分。

晋军大获全胜,初战失去的城池全都收复,得到的车马物资堆积如山。

报捷使者连夜飞驰,将谢玄亲书的战报送到谢家别墅。

谢安正在挑灯夜战,与他的好友郗超之父、镇军大将军、司空郗愔(yīn)对弈。见到战报,谢安看罢,声色不动,将战报随手放在案几上,继续对战。

"安石看的是战报吧,不知前方消息如何?"一局战罢,郗愔忍不住问道。

"小儿辈还算争气,已经大破贼人了。老夫当去往宫中,让皇上安心睡一个好觉。"谢安微笑着,缓缓起身,向门外走去。

小儿辈大破贼人?难道……难道我大晋真的是以八万破百万了?

郗愔心头狂跳,一把抓过案几上的战报,瞪大眼睛看着。

啪!

刚刚跨出门槛的谢安身体一晃,险些摔倒。

原来他的步伐比平日快了许多,跨过门槛时,足上套着的木屐被绊了一下,履底高高的木齿都被折断了几根。

淝水大战的结果,改变了许多事情,尤其是改变了苻坚和谢安的个人命运。

战前,苻坚已完全统一了北方大地,并且占据了巴蜀、凉州、西域等边远之地,国力空前强大,名望直追尧舜,成为人们心目中的圣贤之王。

战后,庞大的氐人秦国瞬间崩塌,从前誓死效忠的鲜卑人慕容垂、羌人姚苌等纷纷反叛。而苻坚也似完全变成了另外一个人,智计全无,昏招连出,最终竟被叛将姚苌俘杀,其家族也被鲜卑人、羌

人灭亡殆尽。

谢安在淝水大战前虽已执掌朝政，但官位不过是卫将军、开府仪同三司，爵封建昌县公，并不十分显赫。

而在淝水大战之后，谢安以总揽全局、运筹帷幄之功，官位升为太保，成为朝官地位最高的三公之一，让谢家正式迈入大晋第一流世家大族的门槛。

不仅如此，谢石、谢玄、谢琰也以淝水一战之功，俱被封为公爵。谢石受封为南康县公，谢玄受封为康乐县公，谢琰受封为望蔡县公。

并且谢安也晋爵一级，由建昌县公升为庐陵郡公。

一战而受封四公，即使当年权倾天下的琅琊王氏也未能做到。

从此以后，陈郡谢氏才得以与琅琊王氏并列，成为大晋顶级的世家大族，代代高官不断，时常进入朝廷中枢，即使后来朝廷不断更替，帝王换了一家又一家，也丝毫不能阻止陈郡谢氏的兴盛。

刘裕代晋

风送荷香,飘入池塘之畔的阁楼,令人闻之欲醉。

年近六旬的宋王刘裕登上阁楼,遥望对面的皇宫。

在刘裕身后,紧跟着他最信任的三位心腹部属:中书令傅亮、吏部尚书徐羡之、中领军谢晦。

皇宫中殿阁重重,巍峨壮丽,但往日上朝时,他满腹军国大事,竟没有注意到这些。但是现在,他倒可以好好欣赏一下。

因为最迟明日,此天子之家就将为他所有。一百五十余年的大晋江山,终于换了一个主人。

"明日那件事,太保答应了吗?"刘裕问道。他说的太保,乃是谢安嫡孙、当朝太保谢澹(dàn)。

"昨日微臣还去探望过太保,太保大人说,主上对他有再生之恩,愿肝脑涂地,报答主上之恩。"

虽然刘裕还未称帝,但谢晦等心腹在刘裕面前,早已自称为臣。

"很好。"刘裕满意地说道。

他让谢澹干的那件事极为重要——明日祭天大典完成之后,禅让仪式就会立刻开始,这时候就需要一位德高望重的朝廷大臣从皇帝司马德文那里取下传国玉玺,敬献于刘裕,使刘裕"不得不"顺从天意,接过司马德文禅让的皇帝大位。

谢澹才德平平,与父祖辈相比,无异于天渊之别。但他既有"名公之孙"的资望,又有位居三公的高位,充当敬献玉玺的大臣十分适合。更重要的是,刘裕对他的确有再生之恩。

谢澹的父亲是谢安嫡长子谢瑶,承袭了谢安爵位,去世之后由其子谢该承袭。谢该去世无子,朝廷就找了一个借口削去了谢安长子一脉的爵位,令谢安长子一脉陷入十分困窘的地步。

北府兵出身的刘裕对谢家十分敬佩,执掌朝廷大权后对皇帝说,谢安立有济世救国的大功,怎么能让他的嫡系子孙如此困窘?

皇帝畏惧兵权在握的刘裕,立刻找到谢该的弟弟谢澹,改封为柴桑侯,食邑千户,奉祀谢安。并征召谢澹入朝,官位逐年升迁,直至太保高位。

这样的谢澹,应该不会做出什么意外之事,让他在登位之日得罪了上天。

"微臣已写好禅让诏书,当在祭天大典上宣读。"傅亮深深弯下腰,手捧一卷文书说道。

"孤王大老粗一个,你那些好听的词儿孤王就算把眼睛都睁裂了也看不明白。到时候你在老天爷面前读一遍就行。"刘裕摆摆手说道。

傅亮以博学而有文采名闻天下,号称当世文章第一。

自从傅亮得到刘裕信任之后,以刘裕名义发出的文书几乎全部为傅亮所写。

"明日参与大典的朝臣,不会有什么问题吧?"刘裕望向徐羡之问道。

虽然三人都是心腹,但刘裕还是更相信徐羡之,做出重大决定时必先向徐羡之询问。

刘裕为汉高祖刘邦之弟楚元王刘交二十二世孙,原本居住彭城(今江苏徐州),在中原大乱时,

举家南渡，移居京口城（今江苏镇江）。虽远祖显赫，但刘裕出生时，家中已贫困不堪，只能算是最低等的世家。

徐羡之家境比刘裕稍强，父亲做过县令，却也被视为最低等的世家，刘裕与徐羡之在一起时，心态会十分平静。

但傅亮已是二流世家大族出身，谢晦更是出自当世第一流的顶级世家大族陈郡谢氏。刘裕和傅亮、谢晦二人在一起时，总有些不自在。

魏晋时代极重门户出身，无论是一流还是二流世家，寻常之时连眼角也不会向刘裕、徐羡之这样的人多看一下。

如今傅亮、谢晦自是对刘裕极为恭敬，但刘裕无法知道，傅亮、谢晦这样的世家子弟，是不是仍在心底里对他不屑一顾？

这样的人若是遇到风云变幻，会不会反戈一击，灭了他刘氏一族……

"微臣仔细访查过那些即将参加禅让大礼的朝臣，皆是明识大体的贤良之人，应该不会生出什么事来。"徐羡之只略微弯了一下腰，自信地说道。

在众人看来，他如同刘裕的心腹管家一般，几乎与刘裕相关的所有事务，都会经他之手掌控。而他自己，也感觉他与刘裕之间不仅是君臣，还是兄弟一般的家人。

"好，你老徐办事，孤王一向放心。"刘裕拍着徐羡之的肩头说道。

大晋元熙二年（公元420年）六月十四日，刘裕登上建康城南郊的高台,祭告天地。然后由傅亮宣读禅位诏书,最后由太保谢澹取来皇帝玉玺,捧送到刘裕掌中。

至此,由司马懿开创、司马炎正式登上帝位的大晋烟消云散。

刘裕由晋室宋王摇身一变,成为大宋开国皇帝。

大晋最后一位皇帝司马德文则被大宋皇帝刘裕降封为零陵王,元熙二年也被改为大宋永初元年。

那一刻,刘裕雄心万丈,决心整兵北伐,一统天下。

在此之前,他已亲率大军,灭亡盘踞山东的鲜卑慕容氏建立的南燕,后来又灭亡占据关中之地的羌人姚氏后秦。

但是北方的土地,大部分已被另一支鲜卑人拓跋氏占据,并建国号为大魏。

刘裕有信心一举击败拓跋氏——连鲜卑人中最强悍的慕容一部都不是他的对手,何况来自大漠草原上的拓跋鲜卑。

只不过在北伐之前,刘裕必须整肃后方,消除一切隐患。

刘裕登上大位的次年,终于消除了心头最大的隐患——刺客秘密潜入零陵王府,杀死了大晋最后一位皇帝司马德文。

刘裕大大松了一口气,开始备战。然而就在此时,重病忽然袭来,做了不足三年皇帝的刘裕竟不治而亡,空留下满腹遗恨。

而在刘裕死后,他的心腹重臣和众多儿子立刻陷入争夺皇帝大位的内斗之中,再也无力向北征伐。

元宏改制

初冬的第一场雪纷纷扬扬撒下,因地气尚暖,落地即化,了无痕迹。

一队兵车疾行在自西向东通往邺城(今河北临漳县西角)的官道上,车前车后俱有皮甲骑兵护卫,绵延近十里。

在车队中一辆豪华的金根车上,端坐着大魏第七任君主——年仅二十三岁的皇帝拓跋宏。

身穿纯白狐皮裘衣、头戴金冠的拓跋宏神情肃然,心中却兴奋至极。

他特地自国都平城(今山西大同)南下来此,就是为了避开所有朝臣的耳目,去见一个此时他最想见到的人——自南方大齐叛逃而来、出自名门世家的王肃。

最初,拓跋宏难以相信南方的一流世家子弟愿意逃亡北方,怀疑王肃是南方故意派来的间谍,特地命他的心腹臣子成淹去往边境迎接,仔细观察。

成淹观察王肃十分仔细,一路上故意慢行,过了月余,才从边境来到邺城。

这时成淹对王肃的情形已十分了解，断定王肃是真心投奔，并迅速以密信向皇帝禀告。

接到成淹密信的皇帝立刻下令让成淹与王肃留在邺城待命，然后急调三万轻骑护卫，以游猎的借口迅速南下。

三十岁的王肃眼含热泪，在成淹的引导下，一步步踏入大魏在邺城的行宫正殿。

他万万没想到，他不过是一个叛逃之人，却受到如此对待。他家世虽然高贵，本人却仅仅做到秘书丞的官位，只是管理文书事宜，没有任何实权。但就是这样一个他，大魏皇帝竟然亲出都城，不惜冒雪奔驰千里来见他。

历朝历代，有哪一个臣子能有他这般际遇？

仅凭此一点，大魏皇帝就足以让他肝脑涂地、誓死报答。

"臣叩见陛下，吾皇万岁……"进入正殿的王肃刚刚开始行大礼，拓跋宏已从御榻上奔下，一把扶起王肃。

"你我尚未有君臣名分，王兄不必如此大礼。今日我二人当畅所欲言，各抒其志，不可太过拘束。"拓跋宏微笑着，先挥手让成淹退出，然后令近侍搬来一张坐榻，安放在拓跋宏身旁。

王肃一时感动到不知说什么才好，待心情稍微平静下来后，也不过于谦让，大方地在拓跋宏身旁坐了下来。

果然是名家子，不卑不亢，甚有气度。拓跋宏初见王肃，印象已是极好。他深吸一口气，坦然道："朕身为大魏天子，自然是想混一

宇内，车同轨，书同文。愿效法上古贤君，使天下百姓安乐，成大同之世。"

"外臣出自琅琊王氏，以仁孝传家。先祖留下遗训，言扬名显亲，孝之至也。外臣愿尽平生所学，报效朝廷，致君尧舜。"王肃清晰地说道。声音温和明朗，极是动听。

拓跋宏渐渐敞开心扉，将他平日无法在臣下面前说出的话语全都说了出来。

三岁的时候，拓跋宏已被立为太子。但就在那一天，其生母被拓跋氏依旧俗（子为储君，生母必杀）逼迫自尽。这在刚刚记事的拓跋宏心中留下终生无法消除的阴影。好在抚养他长大的祖母冯太后很疼爱他，请了许多饱学之士教导他，让他很早就对中原礼仪十分向往，而对许多拓跋鲜卑旧俗极为不满。后来他承袭皇帝大位，因正当年少，由冯太后垂帘听政。冯太后也对许多鲜卑旧俗深为厌恶，企图加以改革，却遭到众多拓跋氏皇族以及朝中大臣强烈抵制，改革成果十分有限。冯太后去世后，拓跋宏亲政，决心继续冯太后的改革之路，但遇到的阻力更大，甚至有皇族元老想废黜他的帝位，让他极为不安，却又束手无策……

王肃听罢，亦毫无隐瞒地将他的心思告知拓跋宏。

江南众多世家大族中，以王谢两家为最。两家既合作，互为姻亲；又争斗，明里暗里都不忘打击对方。但不论哪一家占了上风，都会遭到皇家刻意压制，往往因此惹下杀身灭族的大祸。最初之时，谢家大占上风，刘裕代晋时，传送皇帝玉玺的人是大晋太保谢澹。

但随后谢家连遭打击,许多官高位重的大臣都被刘宋皇室诛杀。刘宋立国仅仅五十九年,朝中权柄已落入相国萧道成手中。于是,萧道成很是熟练地模仿刘裕故事,也来了一场禅让大典,将刘宋皇家改变成萧齐皇家。此时王家大占上风,传送皇帝玉玺的人就成了大宋侍中王俭。萧齐立国之后,重赏王俭,拜为大齐尚书右仆射兼吏部尚书,成为宰辅之臣。王家也因此官运亨通,众多王家子弟纷纷进入朝中,获得显要官职。

王肃的父亲王奂也趁势而起,被拜为镇北将军、雍州刺史。

但是好景不长,当开国功臣王俭去世后,萧齐皇室立刻变脸,随意找了些借口,对掌控军政大权的众王家子弟大肆诛杀。

王奂有刺史官位,又是实权将军,遭受的打击格外惨重,除了本人被杀外,众多儿子也一同被杀。只有机警的王肃抛妻别子,化装成僧人,一路乞讨,侥幸逃入敌国。

如今的王肃对萧齐有刻骨仇恨,为父亲兄弟报仇是支撑他活在世上的唯一理由……

拓跋宏与王肃越是深入交谈,越是互为欣赏,都庆幸遇到平生知音。

原来两人自幼所读的诗书文章几乎相同,对世态人心的看法大致一样,展望未来的天下大势,二人的观念也甚为接近。

"能与王兄相见,是上天对朕最大的福报。如今朕心中所忧,想必王兄已知晓,不知王兄有何指教?"拓跋宏恳切地问道。

"外臣有三策献上,可解陛下之忧。"王肃充满信心地说道。

他并非在此刻才开始了解拓跋宏。当成淹在仔细观察他的时候，他也从成淹口中套出大魏君臣间的许多事情，对拓跋宏的处境和想法已经猜出大半。此时又听拓跋宏亲口说透心思，他腹中早已备下应对之策。

"是哪三策？"

"迁都、移俗、南征。"

"还请王兄详细指教。"

"平城乃大魏起家之地，勋贵与众皇族部众土地尽在周围，一旦有事发生，对朝廷威胁极大。陛下当迁都于中原腹地，驻以重兵，使朝廷之势远远大于众勋贵皇族之势。如此，陛下方能放心治国理政，清除旧弊。陛下乃天下之主，非拓跋氏一族之主。上古贤君大禹曾言'入乡随俗'，何况陛下以天子君临中原，当以得中原万民之心为重。只是若陛下风俗与中原不合，又怎能得到中原万民爱戴？因此移俗之策，迁都之后须尽快实行。陛下乃圣贤之君，岂可容天下地分南北、亿兆百姓不得安宁？故迁都、易俗之后，必行征伐大事，使天下同沐陛下圣恩，功德传之子孙万代。"

"此言正合朕意。南征若获王兄仇家，朕自当交与王兄，让王兄亲手复仇。"

"臣愿投归陛下，虽百死而不悔。"

"好。只是王兄初归朝廷，朕还不能让你立刻得到高位，且拜你为辅国将军、大将军长史，如何？"

"臣遵旨，吾皇万岁万岁万万岁！"王肃离座伏地，行以大礼。

"哈哈哈……"

拓跋宏这次并未扶起王肃。他仰天大笑,感觉今日是他自出生以来,最舒心快乐的一天。

得到王肃的辅佐后,拓跋宏立刻雷厉风行地实行迁都、移俗、南征三策,领兵三十万,强行将都城自平城迁至中原腹地洛阳;然后移俗,实现拓跋族整体中原化,无论是衣冠、言语,还是日常礼仪,全都与中原同化,就连姓氏也改为汉姓。其中拓跋氏改姓为元,拓跋宏改名为元宏。

在接下来的南征战事中,魏军生擒王肃杀父仇人之一的黄瑶起,元宏立即令人将黄瑶起押到王肃面前,让王肃亲手报了杀父之仇。

不过无论是元宏,还是王肃,都去世太早,未能完全实现心愿。

大魏太和二十三年(公元499)年元宏去世,年仅二十九岁。大魏景明二年(公元501年)尚书令、陈留长公主驸马王肃病逝,时年三十八岁。

皇帝出家

人间四月芳菲零落,而山寺桃花依然盛开。

又见半轮月亮自僧舍窗间缓缓升起,清冷的月光落在双掌合十、盘腿坐在金光闪闪佛像前的大梁皇帝萧衍身上,仿佛给他涂上了一层淡淡的银霜。

萧衍双眼微闭,默念佛经。

山风从窗缝中透入,已是八十四岁高龄的萧衍禁不住打了一个寒噤。

脚步轻响,年过五旬的太子萧纲和白须飘飘的同泰寺住持小心地走到萧衍身旁,跪下行以大礼。

"父皇,夜色已深,还是安歇了吧。"太子低声说道,眼中全是愁色。

这已是皇帝第四次来到鸡笼山(在今江苏南京玄武区)顶的同泰寺出家做和尚。第一次皇帝在同泰寺出家是普通八年(公元527年)三月八日,在太子和众文武大臣的恳求下,皇帝做了三日和尚就返回朝廷。第二次皇帝在同泰寺出家是大通三年(公元529年)

九月十五日,那一次太子和众文武大臣仍跪求皇帝回到朝廷。但是这一次皇帝怎么也不肯回去,到了二十五日,众大臣无奈之下,不得不接受同泰寺住持的暗示,自愿捐出一亿个铜钱,才把皇帝从佛祖那里赎了回来。

一亿个铜钱相当管用,皇帝直到十七年之后,才又一次佛心大动,于大同十二年(公元546年)四月十日第三次出家。而这一次佛祖竟然涨了价,看到众大臣捐出两亿个铜钱之后,才万分不舍地将皇帝放回红尘之中。

次年是太清元年(公元547年),才到三月三日,大梁皇帝又出家做了和尚。

这一次离上次实在太近,众文武大臣无不感觉口袋空空,心中发慌,全都变成了聋子,无论同泰寺住持说什么,也是听不见。

一时之间,出家的皇帝和在朝的文武大臣们硬生生耗上了。大臣们痛哭流涕,恳求佛祖大发慈悲之心,尽快将皇帝放回人间,以免万民无主,因此生出大乱。

而大梁皇帝意志坚定如铁,说他向佛心切,做一个吃素的和尚胜过有万千佳丽的皇帝百倍千倍。

"皇帝菩萨的心愿佛祖已经明白,还请皇帝菩萨以江山社稷为重,回到朝廷吧。"同泰寺住持强压心中愤怒,勉强在太子面前保持着平静。他绝不相信,两亿个铜钱那些大臣就拿不出来。

天下人谁不知道,当今皇帝是菩萨降生,极为仁慈,纵然满朝都是贪得无厌的硕鼠,那只皇帝猫儿也不忍心咬死其中的任何一只。

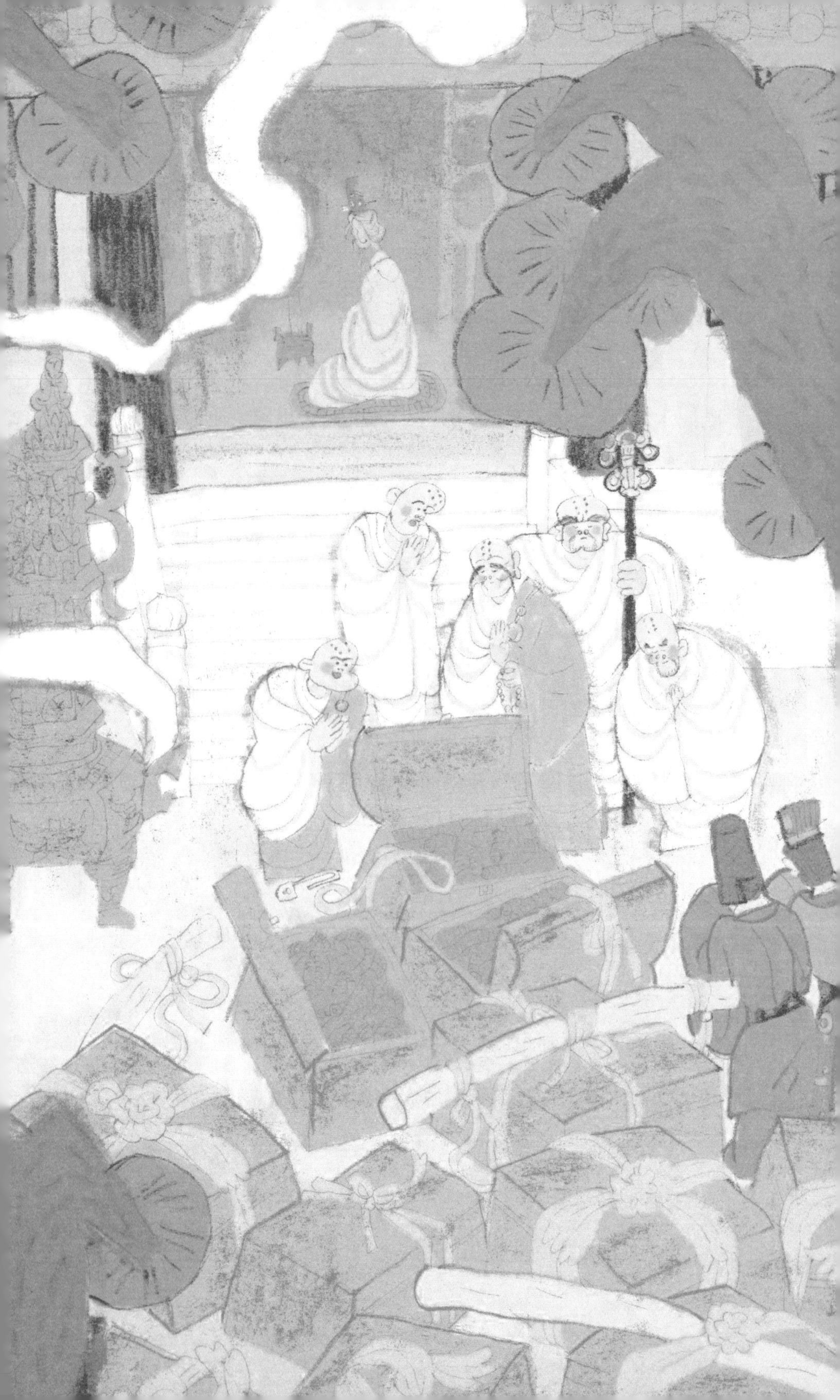

那两亿个铜钱只怕连硕鼠们手中的一个零头也不到。

萧衍睁开眼睛,向太子萧纲、同泰寺住持摆了摆手,示意二人退出僧舍。

太子和住持互相看了一眼,只得向后退去。

年老的皇帝与从前相比,固执了许多,脾气也大了许多。

两人虽然各有心思,十分焦虑,却也绝不愿惹恼皇帝。

可恼啊可恼,那些皇兄皇弟、皇子皇侄、公主长公主,没有一个有仁孝之心,眼睁睁看着皇帝舍身入寺,竟不肯拿出一文铜钱来救赎皇帝。

还有满朝文武大臣,没有一个好东西,全无忠心,别说征战沙场,以性命报答君恩,就算让他们给佛祖敬献几文铜钱,也无一人吭声……

恼怒之中,萧衍忽觉有些头晕,迷迷糊糊中眼前竟大放金光。

仙乐飘飘,无数飞天仙女飘飞在蓝天白云里,抛撒下明丽芬芳的五彩花朵。

金光闪闪,佛祖法身从高天落下,抬袖一挥,已将一朵白莲花送到大梁皇帝身前。

啊,佛祖赐朕白莲花,是天大的吉兆,不知应在何事上……

萧衍心头大跳,忽地睁开眼睛。

原来他只是做了一个梦。

不,朕是天子,绝不会如同常人一样做梦、这一定是佛祖降灵,一定是。

萧衍兴奋起来,主动召见太子,询问朝中是否有大事发生。

"有一件极为紧要的大事,急需父皇裁决。"太子萧纲连忙说道。

"何事?"

"东魏河南道大行台侯景前日遣使者送来降表,愿以十万劲兵、中原十三州之地归顺于我大梁。"

"啊,此乃大大的好事,纲儿为何不及时向朕禀告?"

"儿臣……"

萧纲无言以对,只能在心中说道——

父皇入寺之日,早有严命,任何人都不得以红尘之事打扰虔诚礼佛的皇帝。儿臣居太子之位,早已是众矢之的,岂肯违背父皇之命,被别人抓住攻击的把柄?

"纲儿立刻去拟旨,接受侯景归降。"

萧衍心中狂喜——侯景就是佛祖送给他的白莲花啊。

天下原本是南北朝对立,后来北朝的大魏却出了两位势力强横的权臣,一为高欢,一为宇文泰。二人各自拥立一位傀儡皇帝,自称大魏正统。因高欢以邺城为都,在大魏东境,因此被称为东魏。而宇文泰以长安为都,在大魏西境,故被称为西魏。

萧衍原本为南朝齐国皇室的远支宗亲,后来以诛杀昏君萧宝卷号令天下,接受大齐禅让,建国号为大梁,改萧齐皇室为萧梁皇室。

为感谢上天降下福运,让他得到大位,萧衍曾誓言扫灭北魏,一统天下,然后封禅泰山,以九州贡物敬献上天。

只是他登上大位之后,虽然也曾北伐,却一直未能取得进展。

朕的臣子都是些只知贪钱享乐的废物,如何能助朕大业成功?

因此就算北朝分裂的大好机会就在眼前,萧衍也不能鼓起北上进取的信心。

他唯有更加虔诚礼佛,盼着以此让他的那些废物臣下清心寡欲,不再那么贪婪。并且希望佛祖让他就像当初得到皇帝大位一样得到灭亡敌国的天大福运。

太清元年(公元547年)四月,大梁朝廷在付出一亿个铜钱后,终于说服皇帝还俗,回到朝廷。

还俗后的皇帝立即下诏,接受侯景归降,拜侯景为河南王、大将军、都督河南河北诸军事。

然而萧衍万万没有料到,佛祖送给他的白莲花仅仅在数月之后,就变成了一团焚灭一切的地狱之火。

太清元年八月,看透大梁已是满朝废物的侯景突然反叛,率领八千精兵自寿阳城南下,直捣建康城,一路如入无人之境。十月侯景从容渡过天堑长江,十一月兵临建康城下,在大梁皇侄、临川王萧正德的内应下,攻破建康,围困台城(大梁宫城)。

太清三年,侯景兵入台城,大梁皇帝萧衍被断绝供给,活活饿死,终年八十六岁。

侯景立萧纲为傀儡皇帝,自封为宇宙大将军、都督六合诸军事。

后来大梁湘东王萧绎率军与侯景激战,历经三年方才击灭侯景。只是经此一劫,南朝损失极为惨重,元气久久未能恢复。

外孙禅让

刚到四十岁,国丈、随国公、柱国大将军、大司马普六茹坚就觉身体大不如前,不过是登上了后园的一座小小阁楼,就已气喘吁吁,满头是汗,心中发慌。

不,我这不是身体不行,是心中不安啊。

伽罗去了这么久,怎么还不见回来?

普六茹坚透过楼窗,盯着后院的小巷。

伽罗是他的夫人,十四岁就嫁给了他。她出自鲜卑大族独孤氏,父亲独孤信曾是当朝大司马,爵封卫国公,后来却被权臣逼死,家族败落。但普六茹坚并未因此冷落独孤伽罗,另娶他人,而是与独孤伽罗更加恩爱,平生独宠她一人。

一辆轻车停在后院门外,那无比熟悉的身影映入普六茹坚的眼帘。他先是松了一口气,之后却更加紧张。

他已收到诏令,将单独接受当今太上皇的召见。

这位太上皇极其年轻,今年不过二十出头。

东、西魏分立后没过多久,俱被权臣夺去大位。

东魏夺位者名为高洋,西魏夺位者名为宇文觉。高洋改国名为齐,后人称为北齐。宇文觉改国名为周,后人称为北周。

北周更强一些,与北齐恶战二十余年后,终于攻灭北齐,使北方再次为一国独占。

此时北周情势一片大好,却又无端生出怪事,令满朝文武惴惴不安,总感觉有不好的大事将要发生——

北周第四任皇帝宇文赟(yūn)年纪轻轻,刚登上大位没多久竟突然举行禅让大礼,硬生生将皇位传给还是幼童的儿子宇文阐(chǎn)。

这件事情对普六茹坚极其不利。

普六茹坚的大女儿普六茹丽华是宇文赟的皇后,虽然只生了一个小公主,但还很年轻,将来未必不能生下儿子。

皇后的儿子是名正言顺的嫡子,依礼法必然会被立为太子。

但宇文赟早早将皇位传给宇文阐,提前定下宇文阐的名分。这样,将来就算普六茹丽华生下了儿子,也无法得到皇位。

普六茹坚为此深为不安,感觉无论怎么看,宇文赟都是在针对他,为削弱他一族不惜使出人们无法理解的怪异招数,并且还有逼迫他的后手。

果然,宇文赟很快就使出了更加怪异的邪招。

他已是太上皇,却又自称天元皇帝,依然独揽朝政,其皇后称天元皇后,却不止一个。他前所未有地一下子封了五位皇后,除普六茹丽华外,还有朱满月、陈月仪、尉迟炽繁、元乐尚四位宠妃也被提升为皇后。

如此一来，天元皇帝就有了五位国丈，普六茹坚的尊贵一下子变成了平庸。

也许普六茹丽华表现出了不满之意，因此遭到另外四位皇后的围攻。宇文赟也借机大发脾气，对普六茹丽华怒吼道："惹恼了朕，必定灭你九族。"

接着，那道召见的诏令就送到了普六茹坚的府中。幸好宇文赟有一个怪僻，大臣见他之前，必须先吃斋三天，净身一日（不吃不喝不上厕所）。

这就给了普六茹坚一个机会，让独孤伽罗去找他的密友郑译打探消息。

郑译官居内史上大夫，职掌皇帝诏书的撰写与宣读，极有实权，唯有皇帝最信任的心腹之人，才能得到这样的官位。

普六茹坚与郑译曾在同一位大儒门下学习，私交极好。但在朝堂中，二人相见时十分冷淡，旁人看不出他们有任何交情，万一有什么事，他们也只是让女眷悄悄来往。

"夫君，太上皇他……他说……"从后院奔上阁楼的独孤伽罗走得太急，身子一晃，差点被门槛绊倒。

"夫人小心。"普六茹坚连忙上前，扶住独孤伽罗。

"夫君千万不要去见太上皇。郑大人亲耳听太上皇说过，你在拜见时若脸色忽红忽白，言语慌张，必是心怀鬼胎，立刻就会让侍卫兵卒斩了夫君。"伽罗急急说道。

虽然宇文赟自称天元皇帝，但臣下在背后还是依照习惯，以太上皇相称。

"但我若是不从诏令，太上皇一定会灭我满门。"

"那我们……我们就反了。"

"我还没有准备好，现在就反把握不大。"

"那夫君……"

"看来太上皇还没有下定决心杀我，我可以冒险去往宫中。"

"夫君……"独孤伽罗哽咽着，不知说什么才好。

普六茹坚默然无语，深吸一口气，毅然走下了阁楼。

这次去往宫中，他极有可能永远也回不来。

好在他早已知道宇文赟的心思，竭尽全力在被召见时保持了平静，脸色不红也不白，更没有言语慌张，最终在宇文赟猜忌的目光下逃得一命。

在这次召见之后，年仅二十二岁的太上皇宇文赟却暴病而亡，没有留下任何遗言。

然而在内殿值守的内史上大夫郑译却向众朝臣展示了宇文赟的一道遗诏——随国公、柱国大将军、大司马普六茹坚至忠至孝、仁德贤良，当辅佐皇帝，总揽朝政，都督中外诸军事。

普六茹坚执掌朝政后立即以皇帝名义下诏——五位天元皇后中，唯有普六茹丽华可保留皇后之位，其余全都废黜。

这样，唯一的皇后就成了天元皇帝所有子女的嫡母。

虽然当朝皇帝并非皇后亲生，也不得不以嫡母之礼拜见普六茹

丽华，同时也自然而然成了普六茹坚的外孙。

外孙对外公自是极为敬重，很快就举行禅让大礼，将皇帝大位让给普六茹坚。

普六茹坚改大周国号为大隋，并恢复其汉姓——杨。

原来普六茹坚本是中原世家大族弘农华阴（今陕西华阴）杨氏之后，为东汉太尉杨震十四世孙。北周建立时，皇帝命诸汉姓大臣全都改为鲜卑姓氏，杨氏也被改姓为普六茹氏。如今杨坚自己改回本姓，也命其他汉姓大臣改了回来。

杨坚登上大位后，封独孤伽罗为皇后、长子杨勇为太子。

至于那位完成了禅让任务的外孙，已没有任何用处。在他的外公登上大位后两个月，就被外公派人秘密杀死，然后朝廷赠谥号为大周静帝。

破镜重圆

"城破了!"

"天塌了!"

"北兵杀进来了,大伙儿快逃命吧!"

陈国都城一片混乱,官民士卒四处乱奔,哭喊声震天。

隋开皇九年、陈祯明三年(公元589年)正月,隋征发步骑水军五十一万八千人,总管大将九十员,以晋王杨广、秦王杨俊、清河郡公杨素并为行军大元帅,讨伐陈国。

陈国此时的皇帝陈叔宝贪恋张、孔二妃嫔美色,只知饮酒赋诗为乐,终日不理朝政。结果杨广等统领的征伐大军很快就攻至建康城下,破门而入。

太子舍人徐德言拼尽全力,挤过乱奔乱跑的人群,回到家中。

"夫君还活着。好……好,今日我们夫妇就算是死也要死在一起。"满脸泪痕的乐昌公主扑上来,紧紧抱住徐德言,怎么也不肯松手。

"世道如此,又不是我们的错,公主为什么要去死?不,公主一定要活着,活着。"徐德言说着,挣开乐昌公主,拿起一面铜镜,以利刃破开为二,一半藏在自己怀中,一半送到乐昌公主手中。

"夫君此为何意?"乐昌公主的眼中全是困惑。

"吾已令众家仆护送公主去往宁远府中,那是华贵之处,北军若至,必严加看管,不至于让兵卒乱来。你在那里,比此处更为……更为安全……"徐德言说的宁远府中,是陈国宁远公主的府邸,也是乐昌公主众多兄弟姐妹中唯一与她这位宫女所生的公主还保持着来往的人。

只是在这兵乱之中,又哪有什么安全之处?

"夫君……"乐昌公主哽咽着,无论如何也说不下去。

只因她的母亲是位平常的宫女,无论是父皇,还是现在那位皇帝兄长陈叔宝,都不曾正眼看她一眼。到了年龄,就随意将她嫁给一个小小的太子舍人,连依惯例应该赐下的驸马都尉官职,也忘了给予徐德言。

好在徐德言并不在意这一切,与乐昌公主十分恩爱,让乐昌公主感受到了从前在皇宫中从未感受到的快乐,誓言与徐德言白头偕老、永不分离。

然而誓言犹在耳旁,国灭家破的劫难就已从天而降。

"我毕竟是朝廷官员,该做的事情还是要做一下。不过公主请放心,我也不至于愚蠢到为昏君送死的地步,我一定会努力活着,也盼公主要努力活着。不论遇到了什么事情,遭受到什么苦难,也要想着,这世上有一个叫徐德言的人只求你能活着。看眼前的情形,我们极有可能被人送往长安城。若果真如此，则每年正月的望日（十五日），我会去往街市，高价叫卖这半边铜镜。我们夫妻缘分若在，必能因此相见。"徐德言说罢，看着众家仆护拥乐昌公主出门，这才转过身疾步向皇宫走去。

刚进皇宫，徐德言就被追击而来的隋兵抓住，押送到大元帅杨广面前。

此刻被抓住的陈国官员极多，徐德言在其中毫不起眼，并未引起杨广注意。

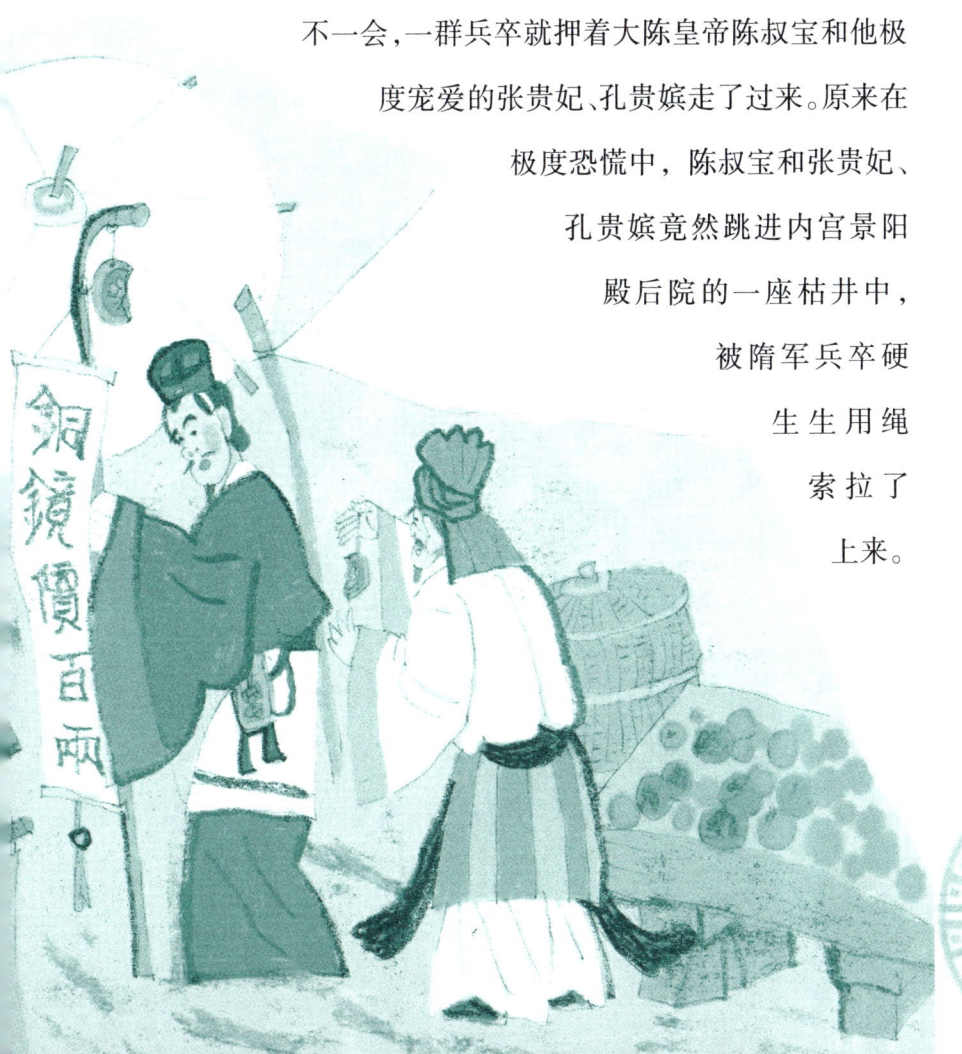

不一会，一群兵卒就押着大陈皇帝陈叔宝和他极度宠爱的张贵妃、孔贵嫔走了过来。原来在极度恐慌中，陈叔宝和张贵妃、孔贵嫔竟然跳进内宫景阳殿后院的一座枯井中，被隋军兵卒硬生生用绳索拉了上来。

徐德言从前只远远看过张贵妃、孔贵嫔，没有留下什么印象，此时近距离见到张贵妃、孔贵嫔，心头竟连跳几下，实在想象不出，世上为何会有如此美丽的女子。

不过在徐德言心中，世间的女子如何美丽，也不能让他忘记乐昌公主，见到张贵妃、孔贵嫔只是惊艳了几下，也就移开了目光。

但那位大元帅杨广，却直愣愣地盯着张贵妃，口水都流了出来犹自不觉。

这个杨广定是好色之徒，肯定会将张贵妃据为己有。可接下来发生的事情，竟大大出乎徐德言的意料。

杨广突然拔出佩刀向张贵妃劈去，张贵妃连叫都没得及就倒在血泊之中。陈叔宝和他的众多臣下被吓得瘫倒在地。

徐德言呼吸急促，脸色苍白。他这时才明白，战乱中的一切，比他想象的还要凶险百倍。

作为战俘，徐德言和众多朝官被押往大隋国都长安。一路上他不停地打听消息，得知宁远公主亦被送往长安，据说府中上下也一同随行，并没有人被杀。

徐德言这才稍觉心安，强忍一路上百般辛苦，最终平安到达长安。

灭亡陈国，令数百年南北分裂归于一统，大隋皇帝杨坚极为高兴，决定从宽发落陈国君臣，赐给陈叔宝三品朝官俸禄，定居长安城养老，其余臣子有罪者发往边境效力，无罪者留在大隋朝廷中量才录用。

徐德言被录入秘书省,做了一个管理文书的校书郎。

从到长安城的那一天,徐德言就抓住一切机会探听乐昌公主下落,却没有任何结果。

他只是打听到宁远公主被杨坚收入内宫,封为宣华夫人,却没听说她身边有任何姐妹陪同。

到了次年正月望日,万分焦虑的徐德言急不可待地来到长安街市上,悬挂半边铜镜售卖。旁人上好的铜镜只卖一两银子,徐德言的半边铜镜却要价百两。

许多看热闹的人都来到徐德言面前,就像看见了一个疯子。

忽然,一个老仆模样的人手持同样的半边铜镜来到徐德言面前。徐德言悲喜交加,忙将老仆拉入街市后巷,打听那半边铜镜的来历。在对老仆说出的一切仔细分析之后,徐德言才明白过来——

原来乐昌公主在去往宁远公主府的路上已经被俘,她听说皇家公主都会被送往隋国内宫,担心因此再也无法与徐德言相见,就自称为乐府文官,结果被清河郡公杨素收为侍妾,日常率领女乐宴客。

在杨素府中,乐昌公主千方百计打听徐德言的下落,也没有得到任何消息。待到这年正月望日,乐昌公主抱着最后的希望,让家中新收的老仆去往街市高价售卖半边铜镜。

老仆十分高兴地回来,告诉乐昌公主他遇到了一个傻子,真的用百两银子买走了半边铜镜,又写了一首诗,一定要让他亲手交给主人。

乐昌公主接过诗卷，展开一看，立刻就认出那是夫君的字迹——镜与人俱去，镜归人未归。无复嫦娥影，空留明月辉。

显然，得知乐昌公主的处境，徐德言已知二人再无相见之日，绝望至极。

乐昌公主悲从中来，一时哭得昏天黑地，晕倒在地。

她醒来发现清河郡公杨素手里拿着那张诗卷，脸色如铁地站在她面前。

乐昌公主知道她再也无法隐瞒，就对杨素说出了一切，只求杨素放过徐德言，对她怎么惩罚都可以。

杨素首先想到的是立刻杀死乐昌公主和徐德言，但转念一想，他府中不知隐藏了多少皇帝暗暗布下的耳目，他若杀死乐昌公主和徐德言，说不定就会因此引起皇帝的疑心。

心念一转之间，杨素做出了一个让乐昌公主和徐德言做梦也没想到的决定——让徐德言领回乐昌公主，并速速回往江南故乡，终生不得再出仕为官。

徐德言和乐昌公主对杨素感激不尽，连夜南下，回到江南，隐居山野之间，白头偕老。

多年以后，徐德言和乐昌公主破镜重圆的故事才流传出来，一时感动了大江南北的无数人。

八王之乱后，南北分裂近三百年之久，其间不知有多少家庭因战乱生离死别，终生不能相见，似徐德言、乐昌公主这样的幸运儿，万中难有其一。